KB040537

리수려,
평양에서 온
패션 디자이너

리수려,
평양에서 온 패션 디자이너

초판 1쇄 2020년 6월 30일
초판 3쇄 2022년 1월 15일

글쓴이 | 박경희
펴낸곳 | 도서출판 단비
펴낸이 | 김준연
편 집 | 최유정
등 록 | 2003년 3월 24일(제2012-000149호)
주 소 | 경기도 고양시 일산서구 고양대로 724-17, 304동 2503호(일산동, 산들마을)
전 화 | 02-322-0268
팩 스 | 02-322-0271
전자우편 | rainwelcome@hanmail.net

ISBN 979-11-6350-025-4 43810
ISBN 978-89-967987-4-3 (세트)

값 11,000원

리수려, 평양에서 온 패션 디자이너

탈북 청소년의 진로 찾기

박경희 단편집

SUCCESS

단비
danbi

탈북 청소년들을 만나 온 시간이 어느 덧 10년이 되었습니다. 처음 머루 사슴 같은 눈망울을 반짝이던 아이들을 만날 때는 무조건 설렜습니다. 궁금했던 점도 많았고요. 친구들 중 사연 없는 아이는 단 한 명도 없었습니다. 분단이 낳은 아픔을 뼛속 깊이 느낀 순간이기도 했습니다. 시간이 지나면서 탈북 친구들의 최대 관심이 무엇인지 궁금했습니다. '박경희 작가와 함께하는 인문학 수업'을 하게 된 이유입니다. 주로 대학입시반인 고3학생들을 만났기에 진로 찾기에 초점이 맞춰졌습니다. 무슨 일을 하며 살아야 잘 산다 말할 수 있을까? 이 질문이 최고의 화두였지요. 이 질문지 한 장 들고 낯선 땅에서 고군분투하는 친구들을 볼 때마다 대견하면서도 안쓰러웠습니다. 물가까지 인도는 할 수 있지만 물을 먹여 줄 수는 없으니까요. 그럼에도 자기 길 찾기를 잘하며 사는 친구들을 만나면 절로 뜨거운 눈물이 나왔어요. 그렇지 못한 경우도 마찬가지고요.

그 마음을 일곱 편의 소설로 형상화시켜 보았습니다. 진지한 이야기지만 재밌게 쓰고 싶었습니다. 기자, 뷰티 아티스트, 패션 디자이너, 무역업자, 간호사, 재활물리치료사, 조리사 등의 직업을 택한 것은 리얼입니다. 이미 대학을 졸업하고 당당한 직업인으로 자리매김을 한 친구들을 보며 힘을 얻었습니다.

저는 스스로를 '탈북 청소년의 스피커'라 칭했습니다. 미리 온 통일인 탈북 청소년들의 대변인이 되고 싶었습니다. 보고 듣고 느낀 게 많으니까요. 물론 소설의 내용이나 무대는 경험을 토대로 했지만 상상의 산물입니다.

진로찾기에 대한 고민은 남한 친구들도 마찬가지 아닐까요. 이 소설이 남북 청소년들의 징검다리 역할이 되었으면 좋겠습니다.

탈북 아이들의 진정한 스승이자 대모인 하늘꿈학교 임향자 교장 선생님과의 인연에 새삼 콧등이 찡해 옵니다.

모두에게 감사하다는 말을 전하며 내 안의 또 다른 분신을 세상으로 떠나보냅니다. 부디 남북 청소년 모두에게 울림을 주는 종소리 같은 책이길 빕니다.

2020년 6월
대학로에서 박경희

작가의 말

차례

―

‹‹←

기자를
꿈꾸는 아이

"와! 진짜 평양이 많이 변했네."

텔레비전 화면에 평양 거리가 나오자, 나도 모르게 소리를 질렀다. 하지만 집안 분위기는 썰렁하다. 아빠는 텔레비전을 보지 않으려 화장실로 피하고, 엄마는 일어나 주방으로 간다.

난 아랑곳없이 밥을 먹으며 하고 싶은 말을 했다.

"우리가 살던 집은 그대로 있을까?"

난 언제부터인가 텔레비전에 평양이 나오면 유심히 살피는 버릇이 생겼다. 내가 살던 집이 비칠지도 모르고. 거리에 다니는 사람 중에 혹 어릴 때 같이 놀던 동무의 얼굴일지도 모른다는 생각이 들기 때문이다.

"얼른 학교에 가야지. 뭐 하는 거야. 일찍 가서 수업 준비 똑바로 하고 들어도 따라잡기 힘든데… 딴청이니?"

북한에서 선생님이었던 엄마는 다그치는 데 선수다. 지금도 내게 일인 과외 교사다 보니, 늘 가르치는 말투다. 아빠에게도 마찬가지라 못마땅해도 소용없다.

"아빠, 시동 걸어 놓을게. 준비하고 나와."

어느새 출근 준비를 마친 아빠가 말했다.

"아빠 심통 나서 먼저 가기 전에 얼른 나가."

엄마는 퉁명스럽게 말했다. 닭살 부부였던 엄마와 아빠는 오랜 냉전 중이다. 평양을 떠나게 된 것이 이유다. 대학교수였던 외할아버지가 술김에 젊은 지도자 동지에 대해 강경 발언을 한 것이 문제였다. 동료 교수의 고발로 온 집안이 바람 앞에 선 등불처럼 위태로웠다. 정치범 수용소에 감금되기 전, 할아버지는 손을 썼다. 할머니를 비롯해 나까지 3대가 탈북을 시도한 건, 목숨을 건 모험이었다. 엄마는 밤새 끙끙 앓을 정도로 고민을 하다 선포하듯 말했다.

"강을 건너다 죽더라도 떠납시다."

엄마 말에 아빠는 무섭게 반대했다. 철도 기관사로 일하던 아빠는, 엄마에게 엄포를 놓기도 하고, 눈물로 호소도 했다.

"나는 조국을 배반할 수 없소. 우린 지금까지 누구보다 당의 혜택을 누리며 잘 살아왔잖소? 우리가 떠나면 연로하신 아버님, 어머님이 당할 고통을 아는데…. 어찌 나만 살자고 떠날 수 있단 말이오. 당신이 꼭 가야 한다면…. 유나 데리고 혼자 떠나시오. 난 못 가오. 절대로…."

"여보, 일단 남조선에 가서…. 당신 부모님도 모셔 갈 수 있는 길을 모색해 봐요. 브로커 쓰면 뭐든 가능하대요. 지금 떠나지 않으면 안 돼요. 아버님이 정치범 수용소에 끌려가 고문당하다 죽는 꼴 봐야겠어요? 같이 가요. 여보 유나를 봐서라도 제발…."

엄마 아빠가 싸울 때마다 내 등에선 식은땀이 났다. 차라리 모든 게 꿈이길 빌었다. 나 또한 귀에 딱지가 앉을 만큼 듣던, 미제의 앞잡이인 남조선에 가는 게 싫었다. 모든 상황을 만든 엄마가 야속하기만 했다.

"엄마, 나 남조선에 가기 싫어. 난 아빠랑 살 거야. 여기서."

두렵지만 내 마음을 확실히 표현해야 할 것 같았다. 내 말에 아빠는 놀란 듯, 힘껏 껴안았다. 아빠의 심장 소리가 폭포수처럼 크게 느껴졌다. 곧이어 엄마의 통곡이 이어졌다. 난감하기 짝이 없었다.

"난 좋아서 이러는 줄 알아? 나도 죽을 만큼 겁난다고…. 남조선까지 가는 길이 얼마나 힘들지… 거기 가면 우릴 환대할지… 하지만 어쩔 수 없잖아. 흑흑…."

엄마와 아빠는 몇 날 며칠을 두고 실랑이를 벌였다. 밤마다 피 말리는 혈전이 오갔다.

결국, 엄마의 설득에 대장정의 길에 올랐다. 할아버지와 할머니를 모시고 태국대사관을 거쳐 인천행 비행기를 타기까지 겪은 일은 영화보다 더 극적이었다. 그때부터 친절하고 배려심 깊던 아빠는 변했다. 엄마와 눈도 맞추지 않을뿐더러, 필요한 말 외에는 침묵을 지켰다. 엄마는 반대로 아빠 앞에 죄인처럼 머리를 조아렸다. 외할아버지는 모든 게 당신 탓이라며 땅이 꺼지라고 한숨을 쉬곤 했다. 어른들의 보이지 않는 전쟁 틈새에서 가장 힘든 건 나였다.

다행히 내가 생각했던 것보다 서울 생활이 나쁘지 않았다. 한마디로 신세계였다. 도서관에서 맘껏 책을 읽는다거나, 대형 쇼핑몰 구경을 하면서 진짜 자유가 무엇인지 느낄 때. 엄마의 선택에 감사했다. 특히 온 가족이 모여 맛있는 음식을 먹을 때, 다른 세상에 살고 있다는 것이 실감 났다.

엄마와 아빠 역시 새 땅에 뿌리내리기 위해 안간힘을 썼다.

엄마는 북한에서 교원이었던 것을 인정받아 대학에 편입했다. 늦깎이 대학생인 엄마는 코피를 쏟아 가며 열심히 공부했다.

'남조선은 기회의 땅 맞는 것 같네. 엄마처럼 다시 상담사로 일할 수도 있다니…. 나라에서 학비까지 대 주고….'

나는 엄마에 대한 원망이 많이 사라진 편이지만, 아빠는 모르겠다. 엄마와 담을 쌓고 사는 걸 보면, 여전히 응어리를 품고 있는 것 같긴 하지만.

"아빠, 엄마가 아직도 미워? 이제 마음 풀면 안 돼요?"

난 말없이 운전하는 아빠 눈치를 보며 물었다.

"넌? 학교생활 힘들지 않아? 힘들면…. 탈북 아이들만 모여서 공부하는 학교로 옮겨…."

아빠는 내 말에는 대꾸도 하지 않은 채, 딴소리다.

"아냐. 난 일반 학교에서 버텨 볼 거야. 어차피 쉬울 거라고는 생

각지 않았으니까…. 열심히 따라가는 중이야. 내가 노력한 만큼 성
과를 얻을 수 있다잖아. 아빠."

"휴, 애어른이 다 됐군. 어서 내려."

아빠는 짧게 말한 뒤, 정문 앞에서 내려 주고 쏜살같이 사라졌다.
아빠는 하나원에서 나오자마자 여기저기 일자리를 알아봤다. 다행
히 북한에서 일한 것이 인정되어 철도공무원이 되던 날, 엄마는 혼
자 눈물을 흘렸다. 만약 아빠가 직업도 없이 살게 되면 어쩌나, 걱정
이 많았던 것 같다. 아빠도 마찬가지인 듯 남조선에 와 처음으로 웃
는 얼굴을 보였다.

"북에서 온 사람 중에 아빠처럼 공무원이 된 사례는 드물어. 열
심히 해서 승진도 할 거야. 아빠는."

아침마다 나를 정문까지 태워다 주던 아빠가 혼잣말처럼 들려준
이야기다. 아빠는 일찍 출근해 사무실 청소며 허드렛일을 도맡아 한
다고 한다. 그래선지 회사에서도 인정을 받는 것 같다. 월급날마다
구겨진 인상이 다리미로 편 것처럼 환한 얼굴로 들어오는 걸 보면.

"아빠는 한 가지 목표밖에 없어. 하루속히 할아버지, 할머니를
모셔 오는 일 밖엔. 요즘은 브로커비가 많이 올라서 걱정이지만…."

아빠는 나에게는 빗장을 많이 푼 셈이다. 짧은 시간이지만 참 많
은 이야기를 들려주는 걸 보면. 그럴 때마다 나는 아빠의 숨통이
되어 주는 것 같아 뿌듯하다. 도란도란 아빠랑 이야기를 나누다 보
니 어느새 정문 앞이다.

기자를 꿈꾸는 아이

"오늘도 또 만나네. 너희 아빠도 일찍 출근하시나 봐."

같은 반인 수경이 환하게 웃으며 말을 건넸다. 전에도 갈색 지프 차에서 내리는 수경을 몇 번 만난 적이 있다. 난 목단꽃처럼 환하게 웃는 수경이 마음에 들었다. 처음 본 순간부터.

"엉⋯. 아빠 회사가 지나는 길이라⋯."

"우리 아빠는 나랑 데이트한다고 일부러 시간 내는 거야. 오랫동 안 떨어져 살았거든."

수경처럼 스스럼없는 성격이 부럽다. 난 아직 누구를 만나도 어 색하고 조심스러운데, 살갑게 대해 주는 수경이 남다르다.

"오늘 급식 같이 먹자. 늘 혼자 먹던데⋯. 너도 초등학교 이 근처 에서 다니지 않았나 봐."

교실로 들어오며, 수경이 물었다. 3학년이 되면서 같은 반이 되었 기 때문에 우린 서로에 대해 잘 모른다. 담임선생님 외에는 내가 평 양에서 온 줄 아무도 모른다. 일부러 숨긴 것은 아니지만, 그렇다고 터놓고 싶지도 않았다.

"작년에 평양에서 왔어. 원래는 고등학생인데⋯. 워낙 학습 진도 가 달라서 한 학년 늦췄어. 중학 과정 다시 공부해야 할 것 같아 서⋯."

내 말에 수경은 많이 놀라는 것 같았다. 가만히 내 얼굴을 바라 본 뒤에야, 평정심을 찾았다.

"음⋯. 넌⋯. 북한에서 전학 온 학생인 셈이네. 난 미국에서 전학 왔는데… 엄마가 박사 학위 받느라 따라가서 살다가 작년에 왔어."

수경이 일부러 농담처럼 말했다. 수경의 삶도 독특하다는 생각이 들었다. 문득 수경도 혼자 밥 먹던 생각이 났다. 그렇다고 왕따나 그런 것 같지는 않았다. 동질감이 느껴졌다.

"너도 혼자 밥 먹던데…."

"엉, 난 떼 지어 다니는 거 별로야. 혼자도 잘 놀아. 자발적 고독이랄까. 근데 널 본 순간, 내 과라는 감이 확 오더라고. 힛."

수경은 교실 문을 활짝 열며 말했다. 화단에서 올라온 백합꽃 냄새가 향기로웠다. 나는 평양에서 보던 꽃이나 나무를 여기서 볼 때마다 신기했다. 뿌리째 옮겨 온 나의 모습을 보는 것 같아 찡할 때도 있다.

'나도 저 꽃처럼…. 여기서도 뿌리내리고 잘 살겠지.'

나는 주전자에 물을 담아 화단의 꽃 위에 물을 뿌렸다. 백합뿐 아니라, 하늘말나리도 피었고, 채송화도 방긋 미소를 지었다. 할머니가 좋아하는 봉숭아꽃도 몽글몽글 봉오리가 많이 졌다. 모두가 북에서 본 꽃들이라 정겨웠다. 송아지 친구*를 만난 것처럼.

"너도 꽃 좋아하는구나! 나도 꽃이나 식물 등에 관심 많아서 원예학과 가려는데…. 아빠가 자기 직업 대물림하란다. 언론 고시 지금부터 준비하라고 난리야."

—

* 송아지 친구 : 소꿉친구의 북한 말

　　　　　　　　　　　기자를 꿈꾸는 아이

주전자에 물을 갖고 나온 수경이 묻지도 않은 말을 늘어놓았다. 꽃이나 식물을 좋아한다는 말은 이해하겠는데 언론 고시라는 말은 도무지 알 수 없었다.

"언론 고시가 뭐야?"

"평양에서 전학 온 학생다운 질문이네. 힛."

수경은 내가 민망해할까 봐 일부러 농담처럼 말했다.

"아빠가 일간 신문 기자야. 신문사나 방송사 들어가는 시험이 엄청 어렵다는 얘기지. 고시라는 말이 붙을 정도면. 난 1도 관심 없는데 말야."

난 공부를 꽤 잘하는 수경이, 엄살을 부린다는 생각이 들었다. 한편으로는 수경이 나의 성적을 알면 실망할까 두렵기도 했다. 남한에 와서 처음으로 마음이 가는 아인데 말이다.

수경과 말을 트고 나니, 벽장 속에 갇힌 새 같던 학교생활에 날개가 돋친 것 같았다. 교실의 공기마저 맛이 달랐다. 내게 무심하던 친구들조차도 사랑스럽게 느껴질 정도였다.

과목마다 미로 속에서 헤매는 건 마찬가지지만, 조금 더 집중해서 듣게 되었다. 열심히 듣다 보면, 귀가 열릴 것 같았다. 무엇보다 맨 뒤에 앉아 있는 수경이 날 지켜볼 것 같아 딴청을 부릴 수 없었다.

어느덧, 점심시간이 되었다. 수경이 빨간 지갑을 든 채, 까들락거리며 내게 왔다. 학교에 온 후 처음 겪는 일이라 쭈뼛거리는 날, 수경이 잡아당겼다.

"우리 얼른 급식 먹고 매점 가자."

"급식 먹는데 매점은 왜 가?"

"맛없잖아!"

나는 무슨 말을 해야 할지 몰라 가만히 수경의 뒤를 따랐다. 식당에는 이미 학생들로 가득 차 자리를 잡는 게 쉽지 않았다. 한참을 둘러본 뒤에야 맨 뒷자리를 발견했다.

"난 돼지고기 못 먹거든. 너 줄까?"

정말 맛있는 돼지 불고기를 수경은 왜 싫어하는지 궁금했지만, 고개만 끄덕였다.

"우리 엄마가 해 주는 시금치는 싱싱하고 맛있는데, 이건 너무 밍밍해. 더 먹을래?"

수경은 시금치나물을 젓갈로 휘저으며 물었다.

"넌, 입맛이 까다로운가 봐. 난 뭐든 맛있는데…"

급식이 맛있다는 말은 사실이다. 수경은 그런 날 외계인 보듯 쳐다본 뒤, 넌지시 물었다.

"평양에서도 급식 주니? 거긴 맛이 없었어? 미안. 너무 유치한 질문인가?"

"아니. 평양에서도 급식 줬어. 반찬은 달라도 맛있었고… 특히 돼지 불고기는 여기보다 맛있어. 남한은 양념 맛이 강해. 특히 마늘 맛…. 북한은 무슨 음식이든 슴슴해. 간을 많이 하지 않는 편이지."

내 말에 수경은 귀까지 쫑긋대며 관심을 보였다.

　　　　　　　　　　　　　기자를 꿈꾸는 아이

"어머. 북한도 급식에 돼지 불고기가 나와? 난 북한은 급식은커녕 강냉이 죽도 못 먹는 줄 알았어. 북한에서 온 사람들이 방송하는 거 보면 모두 배곯아서 탈북했다고 해서. 모두 꽃제비처럼 사는 줄 알았어."

실은 수경처럼 알고 있는 사람이 많은 것 같다. 그런 말을 들을 때마다 난, 방송의 영향이 얼마나 큰지 실감했다.

"북한도 여러 층이 있으니까…. 나도 여기 와서 탈북자 이야기 들으며 놀랐어. 북한은 통행증이 있어야 다른 지역을 다닐 수 있거든. 평양에서 내가 다닌 학교는 고위급 당원 자녀들이 많아서…. 급식도 주고…. 여기와 별 차이 없어. 우유와 치즈도 가끔 공급받아."

실제로 그랬다. 난 평양에 사는 동안 먹을 게 없어 전전긍긍한 적이 없다. 해외 세미나에 다녀오시는 외할아버지 덕분에 가끔 러시아산 종합 과자 선물세트도 받은 적이 있다. 남한에 와서야 내가 평양에서 엄청난 특혜를 누리며 살았다는 것을 알았다.

"어머. 넌 평양의 부르주아였구나! 난 미국 부르주안데…. 우리 조합이 완전 짱인걸. 호호."

"북한에선 부르주아라는 말은 가장 나쁜 욕이야! 근데 너한테 들으니 완전 짱인데."

나도 수경을 흉내 내 보았다. 의외로 재밌고 친근감이 느껴졌다.

이야기 나누다 보니, 국물 한 점 없이 깨끗이 비웠다. 새 모이만큼 께적거리던 수경은, 밥이며 반찬을 모두 남겼다.

"넌, 원래 잘 안 먹나 봐?"

"맛없잖아. 난 급식이 약 먹는 것보다 싫어."

"진짜 부르주아네…."

수경이 비쩍 마른 이유를 알 것 같았다.

다 먹은 식판을 갖다 놓기 위해 서 있다, 나는 물끄러미 음식물 쓰레기통을 바라보았다. 버리는 음식이 너무 많았다. 줄줄 차고 넘치는 음식물을 보자, 외할머니가 하던 말이 떠올랐다.

"쌀 한 톨이라도 버리면 벌 받는 거 모르고…. 남조선 사람들은 너무 음식물 아까운 줄 모르는 것 같아. 버리는 음식 볼 때마다 죄 짓는 것 같아. 북조선 인민들 생각에…."

내가 이런저런 생각에 잠겨 있자, 수경이 폴짝거리며 다가와 내 팔짱을 꼈다. 가슴이 콩닥거렸다. 평양의 딱친구를 만난 것처럼 온몸이 따뜻해졌다.

"오늘 내가 한턱낼게. 너랑 친구 먹기로 한 날이니까!"

수경은 진지한 나와는 달리 모든 일에 명랑 유쾌하다. 그래서 더욱 끌린다.

매점은 건물 뒤편에 따로 있었다. 점심시간인데도 학생들로 벅적댔다. 삼삼오오 모여 간식을 먹으며, 세상에서 가장 행복한 표정을 지었다. 뜨거운 여름 햇살처럼 강렬한 인상이다.

"아줌마표 햄버거 세트 두 개 주세요. 완전 맛있게 해 주세요."

수경은 아줌마랑 허물없이 지내는 듯, 애교가 철철 넘치는 목소

기자를 꿈꾸는 아이

리로 말했다. 아줌마는 주문과 동시에 햄버거를 만들어 먹기 좋게 건넸다. 수경은 빨간 지갑에서 돈을 꺼내어 건네는 모습조차도 능숙했다. 뭐든 거칠 것이 없어 보이는 수경을 보자, 나와는 딴 세상을 사는 아이처럼 느껴졌다.

"여기 햄버거 진짜 맛있어. 먹어 봐. 아이스커피랑 먹으면 완전 환상이라니까!"

난 이미 밥을 많이 먹은 뒤라, 전혀 구미가 당기지 않았다. 하지만 수경이 주는 것이라 양손으로 소중하게 받았다.

"어머. 너 햄버거 싫어해? 햄버거 안 먹어 봤니? 난 밥보다 햄버거를 더 좋아해. 한번 먹어 봐. 꿀맛이야."

수경은 입안 가득 햄버거를 문 채, 많은 질문을 했다. 궁금한 걸 절대 참지 못하는 성격인 듯싶다. 그 또한 귀엽다.

"너무 배불러서 그래. 이따 먹으려고."

"근데 진짜 궁금해서 묻는 건데… 북한에도 햄버거 있니?"

수경이 호기심 가득한 눈빛으로 물었다. 수경은 앞으로도 이런 질문 공세를 많이 할 것 같은 예감이 들었다. 살아 보지 않은 곳에 대해 궁금한 건 당연하니까.

"평양에서도 햄버거 팔긴 해. 외국 관광객을 위한 호텔 등에서만… 일반인은 쉽게 접할 수 없어. 나도 서울에 와 처음 햄버거 먹어 봤는데 도대체 무슨 맛인지 모르겠어. 고기 맛도 아니고, 빵 맛도 아니고…"

나는 되도록 자세하면서도 솔직히 말했다. 수경은 햄버거가 너무 맛있다는 표정을 지으며 내 말을 들었다. 밥은 그리도 께적거리며 먹더니. 놀랍다.

"참… 널 그동안 지켜보았더니… 수학 잘하더라. 쪽지 시험지 걷으면서 슬쩍 봤지. 난 수포자라 아빠가 엄청나게 걱정인데…."

교실로 들어오는 길에 수경이 하는 말에 깜짝 놀랐다. 유일하게 교과 진도 중 어렵지 않은 과목이 수학이라는 것까지 알다니. 고맙기도 하고 감시당한 느낌도 들어 기분이 묘했다.

"넌 왜 수포잔데?"

내 질문에 수경은 손뼉까지 치며 놀라워했다.

"와- 너 수포자라는 말까지 알아듣네…. 난 숫자에 약해. 우리 아파트 동 호수 외우는 것도 싫을 정도로…. 수학이라는 말만 들어도 토할 것 같아."

수경이 지긋지긋하다는 듯 머리를 꾹꾹 누르며 말했다.

"수학은 공식이나 개념만 이해하면 어려울 게 없는데…."

내 말에 수경이 어이없다는 듯, 하얗게 눈까지 흘겼다.

"우리 친구 튼 김에 과외 같이할래? 정문 앞에 있는 입시 학원인데…. 소수정예제야. 고등학교 대비 선행 학습이야. 참 너, 과외는 해 봤어?"

수경도 스스로 너무 많은 걸 묻는다 싶은지 조심스럽게 물었다. 그래도 수경이 나와 친해지고 싶어 하는 것 같아 나쁘진 않았다.

"나도 평양에서 과외 비슷한 거 했어. 선생님인 엄마가 당원 애들 몇 명과 나를 같이 가르쳤는데, 품앗이 같은 거였어. 다른 당원 엄마가 하는 과외 팀에 합류하는 조건으로…. 근데 여긴 학원비 많이 들어가는 것 같던데…. 집에 가서 엄마랑 의논해 볼게."

수업 시간에 진도 따라가기는 힘들지만, 학원에 다닌다거나 과외할 생각은 못 했다. 엄마의 숙제만으로도 벅찼기 때문이다. 하지만 세세한 내막까지 수경에게 다 말하고 싶진 않았다.

"선행 학습 팀 꼭 들어와. 너한테 도움 많이 될 거야. 너랑 같이 다니면 너무 신날 것 같아. 지루하지도 않고…. 참 다른 학교 남학생도 두 명이나 있어. 공부도 잘하는 데다 외모도 방탄소년단 급이야. 힛."

수경은 선동분자처럼 날 끌어들이려 애썼다. 나도 급작스럽게 호기심이 생겼다. 학원은 학교와 어떻게 다른지 궁금하기도 하고, 수경과 함께라면 무엇이든 해 보고 싶었다.

"알았어. 엄마한테 말해 볼게… 근데 넘 기대는 하지 마…."

"아냐. 기대할게. 꼭 같이하자."

한 사람을 안다는 것이 이토록 많은 것을 공유할 수 있다는 것에 새삼 놀란 하루다.

*＊＊

학교 마치면 들르던 외할아버지 댁을 그냥 지나쳤다. 갑자기 쓰러지신 후, 잘 움직이지 못하는 할아버지도 그렇고, 종일 날 기다리는 할머니에게 미안하지만, 마음이 급했다. 같은 아파트라 잠시 들러도 되지만, 왠지 마음이 급했다.

'얼른 엄마 숙제해 놓고…. 학원 이야기 해야지. 수경이랑 친구 먹었다고 자랑도 하고.'

띠 리릭. 띠릭.

비밀번호를 누르고 집에 들어오자, 숨죽이고 있던 모든 공기가 반갑게 날 맞아 준다. 고향을 떠나 와 사는 할아버지, 할머니처럼 외로웠나 보다.

가방에서 수경이 준 햄버거를 꺼내 식탁 위에 올려놓고 내 방으로 들어왔다. 책상 위에 엄마가 올려놓고 나간 일간지들이 날 바라보고 있다. 지금부터 내가 해야 할 숙제다. 각 신문을 훑어본 뒤, 내 의견을 글로 적는 것이다.

"엄마가 대학 편입해서 가장 절실하게 느낀 게 언어였어. 영어를 모르는 것과는 차원이 달라. 교수님이 하는 말이 영어보다 더 어려운 이유가 뭘까…. 생각해 보니, 바로 인문학이었어. 일단 여기 학생들이 어려서부터 읽고 써 온 일을… 너나 엄마는 접해 보지 못한 거잖아. 무조건 읽고 분석하는 일이 우선이지. 너는 엄마 같은 시행착오를 줄여야 해."

남한에서는 엄마의 북한 교사 자격증을 인정해 주지 않는다고 했다. 대신 편입할 수 있는 기회를 준다는 말에, 엄마는 상담심리

기자를 꿈꾸는 아이

학과에 지원해서 당당히 붙었다. 어린 대학생들과 공부하면서 뼈저리게 느낀 것이 많은 것 같았다. 나도 1년간 일반 학교 다니면서 처절하게 느낀 것이다. 교과서에 나온 작품 중 아는 게 없고, 들어 본 작가도 없는데, 남한 아이들은 척척 알아듣는 게 부럽기도 하고 위축되기도 했다. 그래서 엄마가 내준 〈교과서에 나오는 문학 작품〉을 읽고 분석하는 숙제도 열심히 하는 중이다.

나는 일간지 사설을 읽다, 신문마다 논조가 극명하게 다르다는 것을 발견했다. 한쪽으로 치우치지 말라고, 색깔이 다른 신문을 구독한 엄마의 깊은 뜻을 알 것 같다.

일단 신문을 대충 훑은 뒤, 꼼꼼히 읽은 사설을 오려 붙인 공책에 내 의견을 달았다. 평소보다 더 정성스럽게 글을 썼다. 꽤 오랫동안 이 작업을 하다 보니, 행간에 숨긴 의미도 이해된다. 신문은 대한민국의 민낯이다. 기자들이 글로 보여 주는 세상이지만 많이 배운다.

'아, 수경 아빠가 신문사 기자라고 했지…. 어느 신문일까.'

갑자기 넓고 광활하게만 느껴지던 세상이 가깝게 느껴졌다. 수경에게 언론 고시 준비를 하라는 아빠가 있다는 게 부러웠다. 내겐 높고 높은 사다리 끝에 있는 세상일 것 같은데 말이다.

잠시 숨을 돌린 뒤, 문학 작품을 읽었다. 몰입도가 높다. 재밌고 의미도 깊다. 처음에 읽을 땐 뜬구름을 잡는 것 같던 소설이 이제는 흥미롭다. 현진건 작가의 〈운수 좋은 날〉이란 제목 속에 담긴 기막힌 반전에 작가의 이력을 살피기도 했다. 소설 속 배경이 북한의 농촌 풍경 같아 신기하면서도 쓸쓸했다. 어쩔 수 없이 남과 북을 비교하게 된다. 나는 문학 공책에 복잡한 심경을 솔직하게 써 내려 갔다.

어느새 땅거미가 내려와 앉았다. 기지개를 켜며 창밖을 내다본다. 하나둘 가로등이 켜지고, 놀이터에서 놀던 꼬마들이 집으로 들어가는 모습이 애잔하다. 배에서 꼬르륵 소리가 난다. 식탁 위에 놓아 둔 햄버거에 눈이 가지만, 먹고 싶지는 않다.

냉장고에서 우유를 꺼내려는 순간, 벨이 울린다. 엄마다. 문을 열고 들어온 엄마의 모습이 패잔병처럼 지쳐 보인다.

"엄마, 어디 아파?"

어딘가 아파 보이는 엄마의 모습에 걱정이 되어 물었다.

"학점 높여 장학금 좀 타려니 힘들다…. 팔팔한 젊은 애들은 한 번 들으면 알아들을 걸, 엄마는 전공서를 통째로 외워도 모르는 것 투성이니…. 이러다 졸업이나 할까 모르겠다."

웬만해선 힘들다는 말을 않던 엄마라 의외다.

"힘든데 뭐 하러 대학에 들어갔어. 꼭 상담 공부를 해야 해? 그 냥 엄마 나이에 맞는 아르바이트 정도 일해도 되잖아…."

난 평소에 느낀 대로 말했다. 실은 엄마가 나나 아빠한테 더 신경을 많이 써 주며 살기를 바랐다. 무엇보다 엄마가 공부하면서 스트레스를 받는 게 불편했다.

"모르는 소리 말아. 남조선은 전문직이 아니면, 나이 먹어서 할

일이 없어. 설거지나 간병인 같은 허드렛일은 체력이 뒷받침되어야
하는데 엄마는 약해서 그 일도 못 하잖아. 태어나서 한 일이라곤
공부하고 가르치는 일이었으니… 할 수 없잖니. 엄마는 졸업과 동
시에 상담사로 일할 수 있을 거야. 지금 실습 나가는 센터에서 특별
채용해 준댔거든…."

엄마가 대단하기도 하지만, 왠지 너무 그악스럽다는 생각도 들었다.

옷을 갈아입고 나온 엄마가 저녁 준비를 하다 말고, 햄버거를 발
견하곤 놀란 표정을 지었다.

"너, 햄버거 좋아하지 않잖아. 이제 입맛마저 바뀐 거야?"

엄마는 나의 변화를 은근히 바란 것처럼 말했다. 햄버거를 본 순
간, 완벽하게 노트 정리까지 끝낸 숙제 검사를 받은 뒤, 하려던 말
을 해 버리고 말았다.

"엄마…. 나…. 학원 과외 시켜 줘."

일단 운을 떼어 본 뒤 엄마의 눈치를 살폈다.

"학원 과외? 갑자기 뚱딴지같은 말을…. 엄마랑 하는 것이나 제
대로 하세요! 아무 기초도 없이 학원에 다니는 건 밑 빠진 독에 물
붓는 꼴이거든."

엄마는 단칼에 내 말을 끊었다. 난 은근히 화가 났다. 부리나케
내 방으로 와 신문 사설과 문학 공책을 엄마에게 들이대며 따졌다.

"엄마랑 하는 이 공부는 그야말로 기본일 뿐이라고. 수경이가 말
하는 건, 선행 학습이고. 여기 애들은 고등학교 가기 전에 한 학년

분량쯤 다 떼고 들어간대. 나도 그 과정이 필요할 것 같아. 중학 과정은 어찌 대충 넘어간다 해도…. 고등학교마저도 그럴 수는 없잖아. 엄마 말대로 기초를 다져야 하는 것 아니냐고?"

수경과 학원에 다니고 싶은 마음이 컸기에 소리 높여 말했다.

"수경이는 또 뭐니?"

그러고 보니 수경 이야기가 먼저인데 깜빡했다.

"처음 볼 때부터 인상이 참 좋은 앤데… 오늘 내게 먼저 말을 걸어 줬어. 아빠가 기자래. 난 신문 볼 때마다 기자는 엄청 똑똑하고 글도 잘 써서 멋있어 보였는데… 수경 아빠가 기자라 해서 놀랐어. 엄마가 박사 학위 하느라 미국에서 살다 작년에 왔대. 참 명랑하고 예쁜 아이야."

내 말에 엄마는 놀라는 듯싶으면서도 원론적인 말만 했다.

"스펙이 대단한 집안이네. 그나저나 학원비가 얼마나 비싼 줄 알기나 해? 아빠 혼자 벌어서는 절대 감당할 수 없는 돈이라고. 그래서 엄마가 널 특별 과외식으로 관리하려는 건데… 꾸준히 하다 보면 실력이 생기는 걸 모르고… 뱁새가 황새 쫓으면 가랑이 찢어지게 돼 있어."

엄마가 수경과 친구가 되었다는 사실을 은근히 무시하는 것 같아 기분이 나빴다.

"결국, 돈 때문이지? 엄마는 공부할 것 다 하면서…. 나는 왜 못하게 해? 엄마가 얼마나 이기적인 줄 알기나 해?"

기자를 꿈꾸는 아이

나도 모르게 모질게 말했다. 엄마가 대학에 다니는 것에 큰 불만이 있었던 것도 아닌데, 내가 생각해도 너무하다 싶었다.

"그래. 돈…. 돈…. 돈 때문이다. 자본주의에선 돈 없으면 죽어. 엄마는 돈 벌려고 죽을힘 다해 공부하는 거고… 내가 폼으로 대학 다니는 줄 아니? 너도 어쩜 아빠랑 똑같은 말로 날 후벼 파니 냉혈한들 같으니라고."

띠디딕. 띠릭.

갑자기 현관문 여는 소리가 들리는가 싶더니, 외할머니가 들어오셨다. 날 기다리다 지쳐 달려오셨을 것이다. 할머니는 엄마와 내가 말다툼을 하는 걸 보고, 한심하다는 듯 물끄러미 바라보았다.

"무슨 일이야? 엄마가 너희 끌고 온 것 때문에 늘 바늘방석인데…. 왜 너까지 엄마를 힘들게 하니? 엄마는 아빠한테 시달리면서도 열심히 사는데…."

할머니가 맛을 잇지 못한 채, 주저앉으며 울부짖었다. 이럴 마음은 아니었는데 일이 점점 꼬여 가고 있었다. 불행은 함께 온다고 했던가. 곧이어 아빠가 퇴근해서 들어왔다. 아빠는 집 안에 흐르는 기류가 이상했는지, 할머니께 인사도 않은 채, 방으로 들어갔다.

"유나가 갑자기 학원 보내 달라는 바람에… 당황해서 그랬어요. 어머니 걱정하지 마세요."

엄마는 분위기를 누그러트리려 조용히 말했다. 그러면서도 연신 아빠가 신경 쓰이는지 두리번거렸다.

"유나가 학원 간다고 하면… 보내면 되지? 왜 애를 잡고 그래?"

"어머니는 여기 물정 모르셔서 그래요. 돈이 한두 푼 들어야죠. 한 달 다니고 말 것도 아니고…. 시작하면 줄줄이 돈 들어가야 하는데 우리 집 형편에 어떻게 감당해요."

엄마는 정말 돈 걱정이 우선인 듯싶었다. 학원비가 얼마인지 정확하게 알지도 못하면서, 안 된다는 말부터 하는 엄마가 야속했다. 그때, 방문을 벌컥 열고 나온 아빠가 버럭 소리를 쳤다.

"애부터 생각하는 것이 부모의 도리 아닌가? 북한과 교과도 다르고 자라 온 과정도 달라 힘들 텐데…. 학원도 안 보내면 어쩌려는 건지…. 당신이 시키는 공부를 믿고 있나 본데…. 여기 애들은 이미 어릴 때부터 다 해 온 과정이거든. 후속 과정을 채워 줘야 할 것 아냐. 당신 공부가 우선이 아니라, 유나부터 챙겼어야 한다고. 정말 참으려 해도 열불이 나서 가만히 있을 수가 없네."

아빠와 엄마가 이번에는 나 때문에 싸울 태세로 나서는 게 겁나고 싫었다.

"그만하세요. 내가 알아서 할 테니까…."

그때, 할머니가 슬그머니 일어나 현관문을 열고 나가며 혼자 읊조리듯 말했다.

"이건 어른 앞에서 돈, 돈 거리질 않나 휴…. 허구한 날 저리들 싸움질만 하고 사니 우리가 죽어야지…"

할머니의 탄식이 공명이 되어 윙윙거렸다. 나는 할머니가 두고 간

기자를 꿈꾸는 아이

검은 봉지 안에 무엇이 들었나 슬쩍 들춰 보았다. 빨간 봉숭아 꽃잎과 푸른 이파리가 날 물끄러미 바라보았다. 하얀 백반을 꺼내려는 순간, 엄마도 봉지 안을 들여다보며 말했다.

"할머니가 네 손톱에 물들여 주러 오셨나 보다…"

"오늘 할머니 집에 들르지 않고 왔거든요."

내 말에 온 집 안이 찬물을 끼얹은 듯 냉기가 돌았다. 아빠는 슬며시 일어나 방으로 들어갔고, 엄마는 딱딱해진 햄버거를 보며 말했다.

"할머니가 베란다에 봉숭아꽃 피우며 오늘을 얼마나 기다린 줄알아? 평양에 살 때 늘 네 손톱에 봉숭아 물들여 주며 좋아하셨는데…. 그때처럼 해 주고 싶어 정성껏 봉숭아꽃을 키우셨는데…. 가슴에 못 박을 말만 했으니…."

모든 게 내 탓인 것 같아 마음이 무거웠다. 결국, 아빠도 엄마도 저녁을 거른 채, 길고 긴 밤이 지났다.

난 공부하다 배가 고파 고양이 걸음으로 나와 수경이 준 햄버거를 먹었다. 식었지만, 기대했던 것보다 채소와 고기가 싱싱하고 맛있었다. 관심 없이 보았을 때는 몰랐던 수경이 알고 보니 매력 덩어리인 것처럼. 먹어 보니 알겠다. 불현듯 수경이 보고 싶었다.

지난밤 늦게 잤어도 피곤치 않았다. 학교 갈 채비를 하면서 각기 다른 일간지도 가방에 넣었다. 수경을 만나면 할 말이 많을 것 같아 설렜다. 학원을 같이 다닐 수 없는 게 아쉽지만.

"오늘, 아빠 일찍 나갔으니…. 너 버스 타고 알아서 가."

어느새, 일어나 아침 준비를 하던 엄마가 맥없이 말했다. 밤새 싸웠나 보다. 언제쯤이나 엄마 아빠의 냉전은 풀리려나. 어둠의 그늘이 어서 가시길 비는 마음으로 엄마에게 애원했다.

"엄마 나 학원 안 다녀도 돼. 그리고 난 엄마가 대학생인 게 자랑스러워…. 아빠랑 이제 화해하면 안 돼?"

"아빠한테 말해. 엄마는 최선을 다하고 있거든. 아빠가 화를 풀지 않으니…. 외할아버지도 속 끓이다 병이 날 지경이어도 꿈쩍 않으니… 엄마가 뭘 어쩌라고?"

아무래도 아빠를 좀 더 설득해야 할 것 같다. 나도 식사를 대충 마치고 학교에 갔다. 대중교통을 이용하는 것도 나쁘지 않았다. 무엇이든 새로운 그것에 부딪히며 알아 가는 것 또한 재밌다. 걸음마를 시작한 꼬마처럼 배우고 알아 가다 보면, 수경처럼 스스럼없이 살 수 있지 않을까.

교실로 들어서려는데, 화단에 물을 주던 수경과 눈이 마주쳤다.

"오늘은 늦었네. 봉숭아꽃 피면 너랑 우리 집 가서 손톱에 물들이려고 물 주는 거야. 지금 생각해도 북한에도 봉숭아꽃이 많다는 게 신기해…. 난 왜 북한엔 꽃은커녕 폐허만 있을 거라고 생각했을까?"

"나도 서울에 오기 전엔, 거리에 구제 옷 입은 거지들만 득실거리

기자를 꿈꾸는 아이

는 줄 알았어. 그렇게 배웠거든. 너도 마찬가지겠지."

내 말에 수경은 맞다며 손뼉까지 치며 호들갑을 떨었다.

"우리 같이 봉숭아 물들이면 재밌겠다…. 참 학원은 어떻게 됐
어?"

수경은 눈을 동그랗게 뜨고 날 바라보며 대답을 기다렸다.

"아무래도 힘들 것 같아. 집에 사정이 있어서…."

"왜? 무슨 사정?"

돈 때문이라는 말은 하기 싫었다. 아직은 수경에게 나에 대해 속
속들이 말하기엔 자존심이 허락지 않았다.

"난…. 혼자 공부할 게 있어서 그래…. 담에…."

수경은 내가 곤란해하자, 더는 묻지 않았다. 그 점 또한 마음에
들었다. 수경은 아무 일도 없었던 것처럼 나풀거리며 앞장섰다. 교
실에 들어오자마자 난 가방에서 신문지 두 장을 꺼냈다. 그중에 진
보적인 성향의 신문을 펼쳐 보이며 물었다.

"수경아…. 혹 이 신문에 나오는 기자 중에 너희 아빠 이름 있
니?"

"어엇! 너도 이 신문 읽어?"

수경은 정말 놀랍다는 듯, 신문을 뒤적이더니 자기 아빠가 쓴 기
사란을 손가락으로 짚었다.

"우리 아빠는 정치부 기자라, 거의 매일 기사를 써. 청와대도 자
주 들어간대. 아빠가 내 얼굴 보기 힘들다고… 일부러 시간 내서

등교시켜 주는 거야….”

수경이 다소 흥분한 얼굴로 말했다. 왠지 수경이 다른 세계에 사는 사람 같고, 커 보였다. 내가 세상을 익히기 위해 교과서처럼 보는 신문에 글 쓰는 기자라니.

“부럽다…. 너도 언론 고시 준비할 수 있어서 좋겠다…. 난 기자가 멋진 직업 같아.”

내가 진심으로 말하자, 수경은 어안이 벙벙한 듯 쳐다보았다.

“난, 아빠처럼 일의 노예로 살기 싫어. 잠을 자면서도 늘 긴장인 상태고…. 거기다 매일 술독에 빠져 살고…. 기사 잘못 쓰면 악성 댓글 장난 아니고…. 암튼 기자는 피 말리는 직업이야. 너도 준비하면 되지? 정말 기자가 되고 싶으면….”

“엄청나게 공부 잘해야 한다며?”

“그래서 나랑 학원 다니면서 준비하자니까 사정이 있다니….”

수경의 말만 들으면, 학원에 다니면 성적이 쑥 올라갈 것만 같았다. 하지만 살얼음판 같은 집안 분위기를 생각하면, 포기할 수밖에 없다.

“우리 봉숭아 물은 같이 들이자. 꼭.”

수경과 함께 손톱에 물들일 날을 상상해 보는 것만으로도 즐거웠다.

수경을 알고부터, 녹슨 철마를 탄 것처럼 지루하고 힘들던 생활이 많이 변했다. 점심시간도 빨리 오고, 수경과 같이 몇 번 화장실

다녀오고 나면 종례 시간이 되었다. 그런 만큼 수경과 헤어지는 시간도 빨리 왔다.

"오늘부터 학원 개강이라 진도 시작인데 아쉽다…. 낼 보자."

정문 앞에서 수경과 헤어져 집으로 돌아오면서도 꿈속을 걷는 것 같았다.

'수경을 통해 새로운 것을 많이 알게 되었네… 그동안 신문 스크랩하면서 대단하다고 생각했던 기자라는 직업에 대해서도 알게 되고…. 나도 열심히 하면 기자가 될 수 있을까?'

"신호등 잘 보고 다녀야지. 정신을 어디에 쏟고 다니니?"

생각에 잠겨 있느라 집 앞 신호등도 못 보았다. 낯선 목소리에 뒤를 돌아보았다. 엄마다. 엄마는 숨을 헐떡이며 연신 붉은 신호등을 살폈다.

"엄마, 오늘은 왜 이렇게 빨리 와?"

땅거미가 내려앉기 전에 엄마 얼굴을 보는 게 처음이라, 불길한 예감이 스쳐 갔다. 엄마의 얼굴빛이 새까맣고, 입술이 튼 것을 보니 더욱 불안했다.

"할아버지가 많이 아프시다고 해서…."

덜컥 겁이 났다. 외할아버지는 국정원 검사를 마치고 나온 뒤 강연 등으로 바쁘셨다. 북한에서 교수직으로 일했던 경험을 듣고 싶어 하는 단체나 학교가 많은 것 같았다.

"할아버지는 낯선 사람들 앞에 서는 게 힘들지 않으세요?"

나보다 더 씩씩해 보이는 할아버지가 은근히 부러운 마음에 물었다.

"북에서는 날 반역자라고 하겠지만…. 난 통일의 일꾼이라고 생각한다. 내가 태어나 살던 곳을 욕보이고 싶은 생각은 없다. 그저 솔직 담백하게 전할 뿐이지."

활발하게 일하시던 할아버지가 뇌졸중으로 쓰러진 건 6개월 전이다. 그날도 머리가 아파 강연하시다 쓰러졌다. 응급실로 가 빨리 수술을 한 덕분에, 살아나셨는데, 더 아프시다니 걱정이다.

"얼른 가자. 아빠도 금방 들어올 거야."

엄마는 앞서 걸으며 재촉했다.

후드득. 툭.

갑자기 비가 내렸다. 종일 후텁지근하더니 장마가 시작되려나 보다. 앞선 엄마와 뒤따르는 난 가방으로 머리를 가린 채, 할머니 집을 향해 달렸다.

"아버님 어떠셔요?"

엄마가 현관문을 들어서자마자 숨을 헐떡이며 물었다.

"할아버지 많이 아프세요?"

나는 신발을 벗어 던진 채, 안방에 누워 계신 할아버지 얼굴부터 살폈다. 며칠 못 본 사이에 할아버지 얼굴이 반쪽이라 마음이 아팠다.

　　　　　　　　　　　　　　기자를 꿈꾸는 아이

"할아버지. 아프지 마세요."

나도 모르게 울먹이며 물었다. 압록강을 건널 때도, 악어 떼가 득실거리는 메콩강을 건널 때도 할아버지는 청년처럼 날렵했다. 수술한 뒤로는 어눌하긴 해도 회복이 되는 줄 알았는데, 할아버지의 얼굴에는 죽음의 그림자가 보였다.

딩동. 딩동.

아빠도 당황한 얼굴로 들어섰다. 엄마의 얼굴에 옅은 화색이 돌았다. 역시 의지할 사람은 아빠뿐이었나 보다.

"얼른 병원으로 모셔야지. 왜 이렇게 지체하는 거야?"

아빠는 들어서자마자 엄마를 다그쳤다. 그러자 할머니가 나섰다.

"글쎄 저 양반이 병원엔 안 간다잖아…. 그래서 니들에게 연락한 거지…."

"어서 병원 응급차 연락해!"

아빠가 엄마를 향해 명령하듯 말했다. 그때였다. 할아버지가 온 힘을 다해 일어나며 아빠를 손짓으로 불렀다. 아빠는 당황한 얼굴로 할아버지 곁으로 가 무릎을 꿇었다.

"아버님. 얼른 병원부터 가셔야 해요."

"병원 안 가도 돼. 내 병은 내가 더 잘 알아. 며칠 쉬면 괜찮을 거야. 오늘은 자네에게 꼭 할 말이 있네…."

할아버지는 침대 옆에 있는 서랍에서 서류 봉투를 꺼내어 아빠에게 건넸다.

"이거 얼마 안 되네…. 혼자 벌어서 어멈 대학 보내고 살림하느라 빠듯하지…. 버젓한 직장 다니며 문제없던 자네를 무작정 여기까지 끌고 와 늘 미안했네…. 어멈하고도 남처럼 사는 모습 보는 것도 괴롭고…. 모두가 내 죄지."

할아버지는 여기까지 말을 마친 뒤 천장을 올려다보며 침묵을 지켰다. 갑자기 엄마가 아빠랑 똑같이 무릎을 꿇고 할아버지의 손을 잡으며 울부짖었다.

"죄송해요. 제가 너무 내 생각만 하며 살았어요. 저 사람 부모님과 생이별하고 와 힘든 거 알면서도…. 말 한마디 따뜻하게 못 하고…. 유나도 스스로 알아서 하라고 팽개치고…. 나만 생각하며 사느라 바빴어요. 아버님이나 어머님도 제대로 모시지 못하고…."

갑자기 엄마의 고해성사에 나도 뭔가 잘못을 빌어야 할 것 같은 분위기였다.

"저…. 실은…. 친구 사귀고 싶어서 학원 다닌다고 해서 엄마 아빠가 싸웠어요…. 죄송해요…."

할아버지는 엄마와 아빠에게 편하게 앉으라고 한 뒤, 조용히 말씀을 이어 갔다.

"어제 할멈에게 얘기 듣고 밤새 한숨 못 잤네. 나 때문에 마음고생도 모자라 돈 걱정까지 하게 해서…. 좀 더 많이 모아서 주려고 했는데…. 당장 필요한 것 같아 작지만 보태네. 그동안 정부 보조금 나온 것 아낀 것하고, 강사료 받은 것 모은 거야. 자네가 알아서 쓰게."

"아… 아버님… 죄송합니다…. 제가 속이 좁고 옹졸했습니다. 북에 두고 온 부모님 생각에… 그만… 죽을죄를 지었습니다. 전 서울에 와서 참 많은 특혜를 받고 있습니다. 회사에서 인정도 받고 있고요. 아버님 덕분에 많은 것을 누리면서도 고맙다는 말씀을 못 드렸습니다. 용서… 해…"

아빠가 왕소금 같은 눈물을 흘리는 모습은, 태어나 처음 보았다. 평양을 떠나며, 할아버지 댁을 물끄러미 바라볼 때도 어깨만 들썩일 뿐, 소리 내어 울지 않던 아빠다. 엄마가 손수건을 꺼내 슬그머니 아빠에게 건넸다. 그러자 늘 그늘졌던 아빠의 얼굴이 햇살처럼 빛났다. 어릴 때부터 보던 아빠의 진짜 모습을 찾은 것 같아 두근거렸다.

"여보, 미안해…요."

"유나야, 미안하다…."

온 가족이 미안하다는 말 대회라도 여는 것 같았다. 약간 어색하긴 하지만, 꽁꽁 언 대동강 물이 녹는 것처럼 훈훈한 분위기에 어깨춤이라도 추고 싶었다. 나도 모르게 흥분된 목소리로 소리쳤다.

"아빠! 그럼 나 학원 보내 주세요. 나…. 기자 되고 싶거든요."

"뭐? 기자?"

온 가족이 한목소리로 물었다. 의외라는 뜻이 담겼다는 것쯤 안다. 누구보다 내 실력은 내가 더 잘 안다.

"네. 도전해 보려고요."

내 말에 온 가족의 얼굴에 미소가 흘러넘쳤다. 할머니가 심은 베란다의 봉숭아꽃들도 활짝 웃는 것 같았다. 할아버지도 내 어깨를 두드려 주셨다.

"우리 유나가 기자가 되겠다는 꿈을 갖게 되다니… 할미가 축하해 줘야지…"

이 말과 함께 할머니는 신이 난 얼굴로 주방으로 나가셨다. 분명 '평양냉면'을 만드실 것이다. 할머니가 기분 좋을 때면 만들어 주시는 특식이다.

평양을 떠나 서울에 입성한 이래, 최고 행복한 밤이다. 비 개인 밤하늘에는 유난히 별들이 반짝거렸다. 내 꿈을 향한 응원가를 불러 주듯.

기자를 꿈꾸는 아이

뷰티
아티스트

"진짜 학원 가기 싫다. 싫어!"

유일한 친구인 아영이가 또 엄살이다. 난 그저 부러울 뿐인데 말이다. 반에서 단과반이라도 다니지 않는 애는 나밖에 없다. 나는 학원 대신 시에서 운영하는 센터 공부방에 나갔지만 지금은 아니다. 얼마 전, 행사 때 원장이 하던 말을 생각하면 지금도 기분 나쁘다. 나를 거지 취급하는 사람들. 보고 싶지 않다.

"내가 대신 학원 다닐까?"

진심을 농담처럼 건네는 내 말에 아영은 뜻밖이란 듯 설레발이다.

"학원 다니길 부러워하는 애는 너밖에 없을걸! 난 엄마 때문에 어쩔 수 없이 나가는 건데. 우리 엄만…. 청소부로 일하면서도 날 학원에 꼭 보내잖아. 학원만 가면 공부가 저절로 되는 줄 아는 거지. 돈 아까워 죽겠어."

아영은 허리선을 줄여, 터질 듯한 교복 위에 코트를 걸치며 말했다. 우리는 교문 밖을 나와서도 가위, 바위, 보로 가방을 들어 주기도 하며 시간을 끌었다. 친구가 없는 난 아영과 조금이라도 더 같이 있고 싶었다. 아영도 학원에 가고 싶지 않은지, 느긋했다.

"학원 땡땡이치면 안 될까? 오늘만!"

이 말을 불쑥 내뱉었지만 금방 후회했다. 왠지 지하철역에서 청소 일을 한다는 아영 엄마에게 죄를 짓는 것 같았다.

"까짓거. 죽은 사람 소원도 들어주는데… 못 할 것 없지. 오늘은 그럼… 우리 작업 제대로 해 볼까? 값나가는 걸로. 멋지게!"

아영은 참새처럼 연신 조잘거렸다. 나는 유일한 친구이자 동업자인 아영이가 있어 든든하고 좋다. 버스 정거장에 다다르자, 아영이가 귓속말로 소곤거렸다.

"오늘은 내가 확실히 바람잡이 역할 할게. 대어 좀 낚아 봐."

아영의 말에 가슴이 두근거렸지만, 일부러 태연한 척 무심히 말했다.

"하나를 낚아도 진품 같은 걸로! 멋지고 고급스러워야 가치가 있어."

찬바람이 매몰차게 볼을 훑고 달아났다. 시린 손을 비비며 하늘을 쳐다보았다. 쌍둥이 구름이 소풍 가듯 두둥실 떠다녔다. 구름 사이로 엄마의 얼굴이 스쳐 갔다.

"오늘도 동대문으로 고고?"

나의 말에 아영은 대답 대신 엄지 척을 해 보였다. 차비도 아낄

겸 걷기로 했다. 동대문에는 대형 화장품과 액세서리점이 넘쳐났다. 짝퉁도 많지만 화려한 조명에 가려 진품처럼 보인다. 동대문 두타 건물 앞에는 중국 관광객은 물론 동남아에서 온 사람들로 붐빈다. 아영을 따라 여기저기 구경하며 걷는 것 또한 매력이다. 시베리아 바람이 온몸을 때리지만 참는다. 잠시 후에 도달할 매장 안을 생각하면 온몸이 따뜻해진다.

화려하면서도 고급스러운 물건들로 가득한 매장에 들어서면 황홀하다. 그 순간만큼은 가난하지도, 외롭지도, 오빠에 대한 끔찍한 기억 때문에 힘들지도 않았다. 액세서리는 보는 것만으로도 행복했다. 화장품이며 장신구 등 욕심나는 물건을 보자 가슴이 뛰었다. 가난한 지갑으로는 욕망을 채울 길이 없다. 그래서 난 두려우면서도 은밀한 죄를 짓는 중이다. 아영도 눈을 반짝이며 물건들을 살핀다.

손님인 척 가슴을 펴고 당당하게 대형 매장 안으로 들어선다. 아영도 두리번거리며 나를 따른다. 실내는 바깥 날씨가 영하라는 게 믿기지 않을 만큼 따뜻하다. 화려한 조명 덕분에 나의 얼굴도 빛나 보인다. 여행 가방을 든 채, 쇼핑하는 관광객이 많았다. 그들은 영화 속의 주인공처럼 여유로운 모습으로 물건을 고르고 있었다. 나도 아영과 함께 유유히 사람들 속으로 들어갔다. 얼음장 같던 몸이 녹으면서 잠시 나른했지만, 긴장을 놓지 않는다.

장신구 판매대에 중국 관광객인 듯, 시끄럽게 떠드는 무리가 보였다. 아영이 내게 눈짓을 하며, 관광객 곁으로 밀착했다. 달인처럼 잽싸다.

"이 목걸이 얼마예요? 어머 귀걸이도 참 예뻐요. 엄마 생일이라 선물하려는데… 고급스럽고 멋진 것 좀 보여 주세요. 아…. 저건 어때요. 디자인이 정말 특이하네요."

아영의 바람잡이에 중국 관광객들이 혼이 빠진 듯, 멍하니 서 있다. 판매원은 아영의 질문에 답하랴, 중국 관광객을 상대하랴 땀을 뻘뻘 흘렸다.

기회다. 난 잽싸게 가장 비싸 보이는 목걸이를 슬쩍 주머니 속으로 집어넣었다. 주위를 살피며 화장실로 직행했다. 뜨거운 물에 손을 씻었다. 비누칠을 열 번은 더 했다. 콸콸 쏟아지는 물소리에, 아빠의 얼굴이 스쳐 갔다.

아빠는 얼마 전에 공사장에서 쓰러진 후, 아직도 말이 어눌하다. 그런 데다 요즘은 강소주를 들이켜는 바람에 회복이 더 느린 것 같다. 아빠는 늘 미안하다는 말을 달고 산다. 내게 '미안'은 '비굴'이라는 말로 들려서 싫다. 아빠는 원래 비굴한 사람이 아니었다. 북에서 살 때는 가난했어도 당당했다. 우리 네 가족은 희망을 안고 죽음의 강을 건넜다. 그러나 남한까지 와, 엄마가 거짓말처럼 사라진 뒤, 아빠는 딴사람이 되었다. 늘 쫓기는 사람처럼 허둥대거나 화를 잘 냈다. 정부에서 준 임대 아파트 관리비가 나올 때마다 하는 넋두리는 같았다.

"물. 값. 아. 껴. 라."

이 말을 너무 많이 들어서인지 따뜻한 물만 보면 그냥 지나치질 못했다. 꼼꼼히 세수도 하고 손수건까지 빨았다.

"야, 너 소풍 나왔냐? 얼른 튀어!"

아영의 말에 화들짝 놀라, 매장 밖으로 나와 무조건 달렸다. 다행히 아무도 쫓아오는 사람은 없었다. 거리에는 사람들이 더욱 많아졌다. 사거리쯤 다다르자, 어묵이며 떡볶이를 파는 노점상이 보였다. 뭔가 허전하고 배가 고팠다. 아이들의 시선 때문에 점심을 걸렀던 기억이 났다.

"어머, 너는 왜 급식 표 색깔이 다르니?"

같이 줄을 서 있던 반장이 대단한 사실이라도 발견한 것처럼 물었다. 아이들의 시선이 일제히 나에게 쏠렸다. 그때까지 나는 급식 표 색깔이 다르다는 걸 몰랐다. 반장 것을 보니 파란색이었다. 갑자기 얼굴이 화끈거렸다.

"쟨 탈북자라 급식 지원받잖아. 공짜니까 당연히 색깔이 다르겠지. 집도 공짜, 밥도 공짜, 공짜 인생 좋겠어."

깻잎 머리가 빈정거리며 말했다. 순간 갈등이 생겼다. 아이들 앞에서 원숭이처럼 밥 먹는 모습을 보여 줄 것인지, 배고픔을 택할 것인지. 막상 교실을 택했지만, 편치 않았다. 당당히 앉아 밥을 먹지 못한 것이 못내 후회스러웠다.

'급식 표 색깔을 다르게 표시한 의도는 뭘까. 치사해.'

주머니에서 빨간 급식 표를 꺼내어 찢어 버렸다. 그땐 자존감이

뷰티 아티스트

무너지는 소리에 배고픈 줄도 몰랐다.

"어묵부터 때리자. 내가 쏠게. 그나저나 뭐 건졌어?"

아영의 말에 화들짝 놀라 현실로 돌아왔다.

"이따…. 난 어묵 말고 도넛 먹고 싶은데…."

며칠 전부터 먹고 싶던 도넛 가게가 바로 눈앞에 있었다.

"좋아. 화끈하게 쏘지. 뭐."

역시 아영이가 최고다. 우린 마치 여행 온 사람들처럼 도넛집으로 들어갔다. 먹음직스러운 도넛 세트 20% 세일 표시 종이가 눈에 띄었다. 길바닥에서 돈을 주운 그것처럼 반가웠다. 그만큼 내겐 동전 한 닢조차도 귀했다.

"도넛 세트 두 개 주세요."

아영의 말에 침이 넘어갔다. 엄마는 병든 오빠와 나에게 도넛을 실컷 먹인 후 떠났다. 아빠의 사고 후, 단 한 번도 용돈을 받아 본 적이 없었다. 용돈은커녕, 살아가는 게 기적일 정도로 힘들다.

"쥐꼬리만 한 정부 지원금도…. 들어오는 날 이미 바닥이 나니 어떻게 살란 말이냐."

술에 취할 때마다 울부짖는 아빠의 말이 아니어도, 용돈에 대한 기대는 없었다. 아르바이트라도 하고 싶지만, 어리다고 받아 주는 곳이 없다. 유일한 용돈은 아영과의 협업으로 버는 것뿐이다.

"꺼내 봐."

아영은 도넛을 입에 넣은 채, 은밀히 말했다. 나도 주머니 속의 물

건이 궁금했다. 보물이라도 꺼내듯 조심스럽게 식탁 위에 목걸이를
올려놓았다.

"야, 이거 진짜 아냐? 진품보다 더 멋지다."

아영의 탄성에 난 한숨부터 나왔다.

"너무 고급스러우면, 애들이 의심하지 않을까?"

협업에서 나온 물건을 소화해 주는 팀은 아영의 동창 내지는 학
원 친구들이다. 물건만 마음에 들면, 돈을 지급하고 가져갔다. 주는
대로 받는다는 조건이 따르지만.

"걱정하지 마. 내 라인을 믿지? 이거 팔면 주머니가 두둑하겠는
걸."

아영의 목소리가 매장 안에 울려 퍼졌다. 나는 깜짝 놀라 아영의
입을 막았다. 다행히 아무도 우리를 눈여겨보지 않았다. 그런데도
가슴 깊은 곳에서 올라오는 불안감에 숨을 쉴 수조차 없었다. 갑자
기, 눈앞이 캄캄해지면서 어지러웠다. 어둠 속에서 요양원으로 실
려 가던 오빠의 얼굴이 떠올랐다. 물처럼 소주를 들이키며 세상을
저주하던 아빠의 얼굴, 실루엣으로만 기억되는 엄마의 얼굴이 스치
자 더욱 불안했다. 나는 가슴을 움켜쥔 채, 안정을 찾으려 애썼다.

"얼른 집에 가자. 너도 학원 끝날 시간 훨씬 넘었잖아."

다행히 눈앞이 환해졌다. 정신을 차리자마자 손에 쥔 물건을 아
영에게 건넸다. 아영이 잽싸게 가방에 물건을 숨기는 것을 보자 또
가슴이 둥당거렸다.

뷰티 아티스트

"잘 가. 내일 보자."

나는 아영에게 인사도 제대로 못 한 채, 도둑고양이처럼 밖으로 나왔다.

찬바람이 뼛속까지 파고들었다. 나는 온몸을 웅크린 채, 앞만 보고 걸었다. 한참을 걸어온 뒤, 살짝 뒤를 돌아보았다. 아무도 없었다. 창신동을 향해 걷는 발길이 모래주머니를 단 것처럼 무거웠다. 마음 또한 깊은 낭떠러지로 곤두박질했다.

어느 정도 언덕을 오르자, 누군가 나의 앞을 가로막았다. 흠칫, 얼굴을 보니 원장이었다.

"난희야, 오랜만이네. 왜 그동안 공부방에 안 나왔니? 핸드폰도 안 받고, 집에 가도 없고…. 무슨 일 있니?"

나도 모르게 원장을 보자 콧등이 찡했다. 내 비밀이 들킨 것 같기도 하고, 복잡한 마음을 털어놓고 싶기도 했다. 얼마 전까지 나는 원장 선생님을 무척 따랐다. 그런 나를 실망하게 한 건, 원장님이 한 말 때문이었다.

'무지개 센터 공부방 5주년 특별 기념행사'가 있던 날은 겨울 날씨답지 않게 포근했다. 스무 명쯤 되는 원생들은, 보름 전부터 노래 연습도 하고 짧은 단막극도 준비했다. 그동안 견학하고 특별활동을 한 내용을 슬라이드에 담기도 하는 등 분주했다. 드디어 구청장과 수행 공무원들이 모여들었다. 행사가 무르익어 갈 즈음, 원장이 나와 5년간의 결과 보고를 했다.

많은 사람이 원생들의 재롱과 슬라이드를 본 뒤라, 고무된 표정으로 그녀를 바라보았다.

"우리 센터 공부방은 아시다시피 대부분 극빈 가정이나 탈북 아이들로 구성되었지요. 할아버지 혹은 할머니 한 분씩하고만 사는 아이들도 꽤 됩니다. 심지어는 자신의 친오빠에게 성폭행을 당할 위기에 처했던 학생도 있습니다. 깊은 사연이 많다는 거지요. 우리 센터는 이렇게 아프고 상처받은 아이들을 사랑으로 보호하기 위해 온 힘을 기울였습니다. 물론 여기 계신 구청장님과 여러 내빈 여러분이 도와주신 덕분이라는 점 잊지 않고 있습니다."

원장이 무슨 이야긴가 더 하려 했지만, 나는 밖으로 뛰쳐나왔다. 엄마에 대한 배신감과는 또 다른 아픔이었다. 나는 미친 듯 거리를 걸었다.

'극빈자… 극빈자… 성폭행… 친오빠….'

남의 아픔을 공개해서 원장이 얻는 건 무엇일까. 원장에게 미주알고주알 다 말해 버린 내 입술을 꿰매고 싶었다. 가난한 아이들을 앞에 놓고 '극빈자'라는 말을 아무렇지 않게 하는 것도 모자라, 성폭행이라는 말을 쉽게 내뱉는 원장이 원망스러웠다. 어른을 믿었던 내가 바보 같았다.

"난희야. 무슨 생각을 그렇게 해? 배고프지. 어서 센터에 가서 저녁 먹자."

원장은 아무렇지 않게 말했다. 천사의 얼굴 속에 감추어진 위선

　　　　　　　　　　　　　　　뷰티 아티스트

자. 나는 아무 말도 하지 않고 원장을 노려보았다.

"무슨 일 있니? 왜 그래?"

원장은 당황한 듯 말을 더듬었다.

"왜요? 또 제 비밀 캐내서 폭로하시려고요? 온 세상에…"

나는 따지듯 원장에게 대들었다.

"뭔가 단단히 화가 났구나. 저기 가서 몸 녹이면서 이야기하자."

원장이 들어간 곳은, 엄마와 마지막으로 외식했던 도넛집이었다.

"너 도넛 좋아하잖아. 선생님이 사 줄게."

도넛집은 전혀 변함이 없었다. 그날 왠지 슬퍼 보이던 엄마만 사라졌을 뿐.

'엄마는 목숨 걸고 남조선까지 와 왜 사라진 걸까?'

알 수 없는 일이다. 엄마에 대한 궁금증은 언제쯤 풀릴까.

"여기 도넛 한 세트하고요. 콜라 한 잔, 사이다 한 잔 주세요."

"난희야, 아까 그 말이 무슨 말이니? 선생님이 네 이야기를 폭로하다니?"

원장이 자리에 앉자마자 진지한 얼굴로 물었다. 정말 궁금하다는 표정이었다.

"지난번 행사에서 공개적으로 제 비밀을 폭로했잖아요. 오빠 얘기…"

나도 모르게 울컥 목울대가 출렁였다. 스멀스멀. 그날 느낀 모멸감이 벌레처럼 기어 나왔다.

"아차! 정말 미안해. 정말 선생님은 그런 뜻이 아니었어. 그냥 상황을 보여 주기 위한 발표였지. 개인 신상을 밝힌 건 아닌데… 상처를 주었다면 미안해…."

원장은 나에게 도넛을 권하며 진심으로 미안해했다.

"그리고요 원장님. 센터에 온 아이들이 아무리 가난하지만 '극빈자'라는 말…. 너무하지 않아요? 바로 아이들이 듣는 앞에서…."

정말 그랬다. 그날은 내가 벌레보다 더 못한 존재 같았다. 아빠도 가끔 술을 마시면 술주정처럼 말하곤 했다.

"난 벌레만도 못한 존재지. 남조선에서도 극빈자 신세 벗을 길 없는데…. 왜 여기까지 온 걸까. 차라리 고향에서 살았으면… 가난해도 배신자라는 소리는 안 들을 텐데…."

아빠의 말이 다는 아니지만, 이해될 때가 많았다. 비록 술은 밉지만.

"선생님은 이런 말을 해 주는 난희가 정말 고마워. 네가 나의 스승이다. 극빈자라는 말도 업무상 그냥 아무 생각 없이 썼던 것이야. 네가 그 말에 상처를 많이 받았구나…. 미안해서 어쩌니… 잘못했어. 선생님이 고칠게."

원장은 미안하다는 말을 열 번도 더 했다. 콧등에 땀까지 맺혀 가면서. 원장을 무작정 믿고 좋아했던 시절이 떠올랐다.

사실 원장 선생님이 아니었으면, 우리 집 형편은 지금보다 더 힘들었을 것이다. 원장이 우리 집 담당 복지사로 일할 때, 정부 보조

뷰티 아티스트

금 혜택도 주고, 나를 센터에 데려오기도 했다. 오빠를 무료로 요양원에 보내 주기도 하고. 쌀이라든가 생필품도 빼놓지 않고 챙겨 주었다. 세세한 곳까지 신경을 써 준 원장이 천사로 보였던 건 사실이다. 내 앞에서 사과하는 모습을 보니, 뭉쳤던 가슴이 좀 풀리는 것 같았다.

"요즘 어떻게 지내니? 너 미용이나 장신구에 관심 있다며? 자기 이야기 쓸 때, 네가 적은 글 생각나. 요즘은 뷰티 쪽으로 자격증 따는 방법도 많으니까…. 네가 하고 싶은 거 해 봐."

도넛 가게를 나와 센터까지 같이 걸으며 많은 이야기를 나누었다. 나는 고개를 끄덕이며 센터를 바라보았다. 낙산 언덕배기에 있는 '무지개 센터'는 그림처럼 아름답다. 납작 거북이 등 같은 우리 집보다 훨씬 넓고 따뜻한 집이다, 솔직히 나는 집보다 센터가 더 안온하고 좋았다. 얼마 전에 구청에서 하얀색으로 페인트칠을 해 줘서 더욱 환상적이기도 하다.

"요즘도 책 많이 읽지?"

내게 맨 처음 책방과 도서관 이용을 권해 준 것도 원장 선생님이었다.

"난희야, 여긴 공부방이지만, 너희들에게 필요한 책은 거의 준비해 놓았어. 시간 날 때마다 찾아 읽도록 해. 앞으로 무엇을 하든 책을 읽어야 해. 특히 북한과 남한은 교과서도 많이 다르니까. 교과서에 나온 작품이라도 찾아 읽어."

나는 원래 책 읽는 걸 즐기지는 않았다. 하지만 시간을 보내기 위해, 혹은 추위와 더위를 피해 시간만 나면 공부방을 찾았다. 책을 한 권씩 읽을 때마다 자신감이 생겼다. 그러면서 버팀목이 되어 주었다. 책에 몰입해 읽은 뒤, 땅거미가 질 무렵 공부방 문을 나설 때 느끼는 성취감은 남달랐다. 깊은 충만감이랄까.

어느덧, 센터 앞에 다다랐다. 원장은 내가 그냥 간다고 하자 나의 어깨를 두드리며 말했다.

"그래. 그럼 오늘은 그냥 가고 다시 센터에 나와서 동생들도 보살펴 주고…. 따뜻한 밥도 먹고 책도 읽고 해. 참, 너 만나러 집에 올라가 봤더니 집에 장신구며 화장품 등이 많더라. 누가 기부해 줬니?"

가슴이 철렁했다. 원장이 은밀한 나의 비밀을 알고 묻는 것 같았다. 도둑이 제 발 저린 셈. 원장은 나를 보며 하얗게 웃고 있었다. 다행이다 싶으면서도 누군가 송곳으로 날 찌르는 것 같았다.

배도 부르고 원장에 대한 오해도 풀려서인지, 새 운동화를 신은 것처럼 온몸이 가뿐했다. 낙산 성곽길을 지나 집으로 가기 위해 걸었다. 낙산은 봄, 여름, 가을, 겨울 각기 다른 얼굴이었다. 원장 선생님은 수시로 낙산 탐방을 하며 꽃 이름과 나무에 관해 설명해 주었다. 특히 봄에는 야생화가 많이 피어서 탐방을 나가는 날이 많았다. 어느 날 원장은 아이들과 꽃구경을 하다 말고 지천으로 깔린 작은 꽃 앞에 섰다. 다른 아이들은 선생님의 말씀에 상관없이 아카시아

뷰티 아티스트

꽃을 따 먹느라 정신이 없었다. 원장 곁에는 나 혼자였다.

"난희야, 저 작고 앙증맞은 꽃을 '개여뀌꽃'이라고 한단다. 원래 여뀌는 물가에 많이 피는 꽃이지. 하지만 환경이 바뀌면 저렇게 산에서도 잘 적응한단다. 오히려 환경이 바뀌면서 더욱 예쁜 꽃으로 피어서 개여뀌꽃이라고 해. 사람도 마찬가지야. 선생님은 저 꽃을 볼 때마다 난희를 닮은 것 같아. 너도 어디서든 잘 적응하잖아. 그래서 더욱 예쁘고 귀엽고…."

원장 선생님의 말씀에 얼굴이 후끈거렸다. 하지만 기분은 좋았다. 나에게 지금까지 예쁘다거나 귀엽다는 말을 해 주는 사람은 아영이 외에는 없었다. 아이들은 우르르 언덕을 오르내리며 노느라 정신이 없었다. 원장은 줄곧 꽃을 보며 말했다.

"저기도… 연보랏빛 개여뀌꽃이 많지? 꽃잎을 잘 들여다봐. 별처럼 귀엽지. 꽃잎도 보면 볼수록 예쁘고. 무엇보다 저 꽃은 생명력이 강하단다. 어디서든 견딜 줄 아는 들꽃이야. 예전엔 너무 번식력이 강해서 천대를 받던 꽃인데…. 지금은 야생화 재배하는 사람들에게 가장 인기가 좋은 꽃이란다."

원장 선생님의 친절한 말에 신이 났다. 나는 늘 낙산을 지나면서도 들꽃에 관심을 가져 본 적이 없었다. 원장 선생님의 말씀이 생각나 개여뀌꽃이 피었던 자리를 찾았다. 겨울이라 말라비틀어진 대만 보였다. 그런데도 기분이 남달랐다.

'나도 당당하게 살아야 하는데…. 어떤 상황이든 잘 적응하는 꽃

이라는데…. 원장 선생님이 나도 그렇게 살라고 말해 준 것일 텐데…. 도둑질이나 하고….'

갑자기 내려앉은 붉은 노을이 슬퍼 보였다. 초라한 내 모습을 적나라하게 비춰 주는 것 같았다.

내가 사는 창신동은 낙산과는 하늘과 땅만큼 다르다. 낙산이 꽃동산이라면 우리 동네는 사막처럼 황량스럽다. 정상에서 동네를 내려다보면, 바닷가 너럭바위에 들붙어 사는 따개비 같다. 머지않아 재개발될 집들이라 금방이라도 쓰러질 것처럼 위태롭다. 기왓장이라도 제대로 올려진 집은 드물다. 나달나달해진 가마니 짝이나 검은 비닐을 임시로 덮은 집도 많다. 나는 움막 같은 집이 보이자 가슴이 답답해져 왔다.

쓰러질 듯 벼랑 끝에 선 집으로 들어섰다. 아무도 없었다. 비좁은 방에서 숨죽이고 있던 공기가 문을 열자 한꺼번에 달려들었다. 퀴퀴한 냄새가 코를 찔렀다.

'아빠는 오늘도 외상술 먹고 있는 걸까?'

나는 아빠가 걱정되면서도 차라리 없는 게 낫다고 생각했다. 아빠의 술주정을 듣는 것도 지긋지긋하다. 거실과 붙은 방으로 들어가 교복을 벗었다. 방구석 여기저기 쌓아 놓은 화장품이며 장신구를 보자, 원장의 말이 떠올랐다.

원장은 자원봉사자들과 함께 집엘 자주 왔었다. 그래서 아무도 없는 집에도 들르는 편이다. 마음이 편치 않았다.

'어떡하든 아르바이트 자리를 구해 봐야지.'

마음속으로 다짐하며, 주방으로 나갔다. 주방이라고 해야 고작 작은 싱크대와 휴대용 가스레인지가 전부지만. 설거지통은 폭탄 맞은 것처럼 아수라장이었다. 아빠가 끓여 먹다 남긴 라면 국물 자국이 번져 흉측했다. 먹다 남은 김치가 말라비틀어져 가난의 냄새를 진동시키고 있었다.

대충 설거지를 끝내고 텔레비전을 켜려는데 하얀 봉투가 보였다. 가슴이 울렁거렸다. 내키지는 않지만, 편지의 겉봉투를 대충 훑었다. 예상했던 대로다.

〈충청북도 괴산군 달성면 원하리 천사요양병원 사무장 ○○○〉

오빠가 머물고 있는 요양병원에서 형식적으로 보내는 보고문이었다. 편지를 뜯어 볼까 망설이고 있는데 갑자기 등이 가려웠다. 두드러기였다. 그 일 이후 오빠라는 말만 들으면 나타나는 증상이다.

북한에서나 남한에서의 방학은 같다. 내게 방학은 감옥 생활이나 다름없다. 지체 장애아인 오빠를 돌봐야 했다.

지난 여름방학이었다. 낮에는 장애우 도우미 선생님이 가르쳐 준 게임을 하며 지낸 오빠, 땅거미가 지자 온몸을 비비 틀었다. 나는 아랑곳없이 쪽방에 누워 늘 보던 잡지를 들췄다. 화보 속 모델들이

한 장신구나 옷차림 등을 눈여겨보았다.

'목걸이가 정말 고급스럽네. 옷도 멋지고…. 화장도 판타지스럽고….'

오빠에게 간식을 주곤 엎드려 책을 읽었다.

후드득. 갑자기 소낙비가 쏟아져 내렸다. 천둥까지 쳤다. 무섭고 으스스했다. 여전히 아빠는 돌아오지 않고 오빠 방에서는 웅성대는 소리가 들렸다. 왠지 불길한 예감이 온몸을 휘감았다.

아빠라도 빨리 들어오면 좋으련만 감감무소식이다. 이럴 때마다 나는 모든 짐을 던져 버리고 도망간 엄마가 원망스럽기만 했다.

지체 장애아인 오빠는 엄마의 부재를 더욱 못 견디어 했다. 유도 선수처럼 몸이 건장한 오빠가, 엄마를 찾을 때면 영락없는 어린아이였다. 오빠의 괴성 소리에 문을 열자, 전화기를 들고 있었다.

"엄마, 돈 많이 벌었어? 나한테 그랬잖아. 돈 많이 벌어서 온다고…. 보고 싶어…. 엄마."

오빠는 엄마에게 전화하고 있었다. 물론 엄마 전화번호를 알 리가 없다. 엄마는 떠나기 전 허드레옷마저 모두 버릴 정도로 치밀하게 떠날 준비를 했던 것 같다. 그런 엄마가 예전 전화번호를 쓸 리 만무다. 나도 사실 답답할 때마다 엄마에게 전화를 걸어 본다. 전화선 너머에서 들려오는 소리는 맑고 청아했던 엄마의 목소리가 아니라 낯선 남자의 목소리였다. 그날 이후로, 엄마의 전화번호를 지워 버렸다. 엄마에 대한 모든 기억도 사라지길 바라며.

뷰티 아티스트

"엄마, 찾지 마. 엄마 죽었어!"

오빠에게 달려들어 전화기를 뺏으며 소리쳤다. 차라리 엄마가 죽었다면 나을 뻔했다. 처음에는 영문을 몰라 멍하니 서 있던 오빠의 눈빛이 점점 사납게 변해 갔다. 성난 사자처럼 씩씩대더니 전화기를 빼앗아 문밖으로 던졌다. 장대비가 내리는 흙바닥에서 핸드폰이 나뒹굴고 있었다. 나는 빗속으로 뛰어가 전화기를 집어 들었다. 밖에 나가면 가끔 길을 잃는 오빠가 불안해서 아빠가 사 준 전화기였다.

'망가지면 안 돼.'

나는 물에 젖은 전화기를 잡자마자 켜 보았다. 다행히 불이 들어왔다. 집 안으로 들어오니 꼴이 엉망이었다. 얇은 면 티셔츠 위로 비가 쏟아져 흥건히 젖어 있었다. 나는 순간 보았다. 오빠의 눈빛이 봉긋 솟은 내 가슴 위에서 흔들리는 것을.

나는 얼른 방으로 들어가 젖은 옷을 갈아입으려 옷을 벗었다.

"엄…. 마…. 히잉…."

오빠가 짐승처럼 달려들었다. 나는 온 힘을 다해 오빠를 밀쳤다. 거구의 몸은 쇳덩이처럼 단단했다. 나는 간신히 오빠를 방바닥에 밀쳐 놓고 밖을 향해 달려 나왔다.

나는 간신히 운동화도 신지 못한 채 센터로 달려갔다. 마침 늦게까지 일을 하고 있던 원장이 나를 보자마자 껴안았다. 내게 자초지종을 들은 원장 얼굴에 근심의 그늘이 짙게 졌다. 나는 원장 품에 안겨 울다 지쳐 잠이 들었다.

다음 날, 원장은 아빠에게 나와 오빠를 분리해야 한다고 강력하게 주장했다. 그 과정에서 일어난 여러 가지 일들이 떠오를 때마다 온몸에 두드러기가 났다. 송충이가 기어 다니는 듯한 이물감에 미친 듯 긁었다. 진물이 날 때까지 긁다 보면, 조금은 시원해졌다. 그렇다고 두드러기의 원인이 사라지는 것은 아니었다.

요양병원에서 온 하얀 봉투를 쓰레기통에 던져 버렸다. 갑자기 비가 내렸다. 온 세상을 쓸어내릴 것처럼 무섭게 내렸다. 아빠는 여전히 들어오지 않고 있었다. 나는 뒤척이다 까무룩 잠이 들었다.

밤새 꿈에 시달리느라 피곤하지만, 학교는 가야 한다. 힘들게 학교에 왔지만 피곤할 뿐이다. 요즘 고등학교 입시 문제로 시끄럽다. 어쩌다 일반 중학교에 다니게 되었지만, 난 아무래도 인문계는 아닌 듯싶다. 탈북 학생들끼리 모여 공부하는 대안학교를 알아봤지만, 그 또한 아닌 것 같았다. 미용학교가 있다는 소식에 담임선생님과 상담을 마치고 나오는데, 아영이 살짝 손을 흔들었다.

"오늘도 작업 고고?"

협업 현장에 가자는 뜻이다. 외계인 보듯 날 보는 친구들과는 달리 늘 먼저 손을 내밀어 주는 아영이. 고맙다. 그래도 내 마음을 전하고 싶었다.

"이제 우리 손 떼자. 불안해. 너 학원 땡땡이치는 것도 그렇고⋯."

내 말에 아영은 뜻밖이라는 표정이다.

뷰티 아티스트

"그럼? 넌 용돈은 어떻게 하려고? 오늘 한 번만 나가자. 학원에서 애들에게 주문받은 것도 있단 말이야."

"그럼, 오늘이 마지막이다."

왠지 아영이의 말을 거부하면 안 될 것 같았다. 아영마저도 날 외면하면 완전 외톨이가 될까 두려웠다. 지금 내게 아영은 모든 것의 모든 것인데, 놓칠 수 없다.

"학원에서 애들이 의심하지 않아?"

"애들은 우리 아빠가 장신구 공장 하는 줄 알아. 그니까 주문까지 하지. 앞으로도 별문제 없이 소화할 수 있는데 네 마음이 변했네…."

"겁나서…. 난 진짜 장신구 공장에서 아르바이트하고 싶어. 방학 때 같이 알아볼래?"

내 말에 아영은 걷다 말고 딱 부러지게 말했다.

"난, 쭈그리고 앉아서 가짜 목걸이, 가짜 반지 만드는 것 딱 질색이거든. 훔치는 건 스릴이 있잖아. 호호."

아영이 천진난만한 건 좋은데, 진짜 철이 없다는 생각이 들었다. 아영과 이야기를 나누며 걷다 보니, 동대문 두타 시장에 다다랐다. 여전히 사람들로 붐볐다. 무엇보다 내 또래들이 많이 보였다. 가끔 아영과 이곳에서 작업하기 전 들르는 화장실로 직행했다. 잽싸게 교복을 벗고, 사복을 입었다. 밖으로 나와 화장도 살짝 했다. 아영의 얼굴을 변신시키는 것도 내 몫이었다.

잠깐 사이에 완전 숙녀가 된 아영이 엄지 척을 보이며 말했다.

"난희야, 넌 뷰티 쪽으로 가면 대박일 것 같아. 화장술 죽인다니까…."

역시 아영이 나를 알아주는 것 같아 기쁘다. 아영과 함께 화장실을 나와 곧바로 매장으로 들어갔다. 운동장만큼 넓은 매장이라 종업원들도 많았다. 찬란한 조명 아래 진열된 액세서리들은 눈이 부실 정도로 아름다웠다. 양심이라는 놈이 꿈틀대다가도 예쁜 장신구만 보면, 정신을 차릴 수 없다. 오직 갖고 싶다는 욕망만이 꿈틀댈 뿐. 양심은 쓰레기통으로 던져 버린다.

오늘도 아영은 관광객들 틈을 비집고 들어가 종업원을 어지럽히느라 정신이 없다. 히잡을 쓴 아랍계 여자들이 조용하게 가격을 흥정하는 바람에, 아영의 설레발은 유난히 눈에 띄었다. 또 찾아온 기회다. 놓칠 수 없다. 나는 한 바퀴 돌며 눈여겨본 목걸이를 감상하는 척, 잽싸게 주머니 속으로 넣는다. 한 개만이 아니라, 진열된 목걸이 중 반 정도를 한 움큼 집어 양 주머니로 분리해 넣었다. 순간, 아영과 눈이 마주쳤다. 찡긋. 나는 작업 마쳤으니 어서 뜨자는 신호로 양손을 모았다.

유유히, 그러나 불안함을 감추지 못한 채, 매장 밖으로 나가려는 순간, 한 여자가 나의 손을 잡았다. 뒤에 서 있던 남자는 아영을 낚아챘다. 눈앞이 캄캄했다. 올 것이 오고 만 것인가.

"너희들! 전에도 다녀간 거 맞지? CCTV에 나온 얼굴과 똑같네.

좀도둑 같으니라고."

다리가 후들거려 아무 말도 할 수 없었다. 그토록 당당하던 아영은 아예 주저앉아 통곡하며 울었다.

"왜 이래? 운다고 지은 죄가 사라지나? 애들 경찰서로 데려가자고."

내 손을 잡은 여자가 날카로운 목소리로 말했다. 순간, 아빠의 얼굴이 스쳐 갔다. 어딘지도 모를 곳에 갇혀 사는 오빠도 생각났다.

"사장님. 죄송합니다. 경찰에는 제발 가지 않게 해 주세요."

나는 무조건 무릎부터 꿇었다. 머리를 땅에 대고 손이 발이 되도록 빌었다. 관광객들이 구경거리라도 생긴 듯, 빙 둘러섰다.

"내 친구는 잘못이 없어요. 쟤는 정말 용돈 받을 데가 없어서…. 나쁜 일인 줄도 알면서도 시작한 것이 그만…. 오늘도 그만하자는 걸 제가 하자고 한 거예요. 엉엉."

아영이 엉엉 울며 하는 말에, 나는 콧등이 찡했다. 이런 순간에도 나를 먼저 생각해 주는 아영이 고마웠다.

"아주 형편없는 애들은 아닌 것 같네…. 잘못도 빌 줄 알고, 더군다나 친구부터 챙기기도 하고…. 일어나…."

팀장인 듯한 여자가 좀 전과는 달리 부드러운 목소리로 말했다. 그러곤 아영과 나를 작은 사무실로 불러 따뜻한 차를 주었다.

"잘못했으니…. 죗값은 받아야지?"

덜컥 가슴이 내려앉았다. 죽음의 강을 건너, 남조선까지 왔는데,

경찰서까지 가서 낙인이 찍힌다는 건, 상상만으로도 무섭고 괴로웠다. 나는 급한 마음에 팀장을 붙들고 나의 사정을 다 털어놓았다.

"한 번만 기회를 주세요. 절대로 나쁜 짓 하지 않을게요. 제게 일을 시켜 주세요. 매장 청소도 좋고⋯. 화장실 청소도 할게요. 제발⋯."

아영도 내가 빌자 똑같은 말로 선처를 구했다.

"탈북한다는 게 말이 쉽지⋯. 사선을 넘는 거라던데⋯. 언젠가 텔레비전에서 보고 놀랐는데 내 앞에 있는 아이가 당사자라니 놀랍네⋯. 오죽하면 도둑질했을까⋯."

팀장은 이 말을 마친 뒤, 뭔가 깊이 생각한 듯싶더니, 선포하듯 말했다.

"우리 매장에서 아르바이트해 봐. 일하는 거 봐서⋯. 용서는 나중에 할게."

"감사합니다. 고맙습니다. 꾀부리지 않고 열심히 일하겠습니다."

아영과 나는 합창하듯 큰 목소리로 대답했다. 불행 중 다행이었다.

매장 밖으로 나오며, 아영과 나는 서로를 바라보았다. 말이 필요 없었다. 눈빛만으로도 서로의 마음을 읽었으므로.

"기분이 완전 이상하다. 도둑질하던 가게로 아르바이트를 하러 가다니. 힛."

아영이 농담처럼 말했지만, 나도 같은 마음이었다. 하지만 아영과 함께 새로운 일을 해 본다는 것이 좋았다. 왠지 가슴이 설레기도 했다.

수업을 마치자마자, 아영과 나는 동대문 매장을 향해 걸었다. 그러면서도 아영이 학원 간다고 엄마에게 거짓말을 하는 게 마음에 걸렸다.

"내가 팀장님에게 네 몫까지 한다고 말씀드릴게. 너는 학원에 나가."

"아냐, 나도 학원에 나가 멍청히 앉아 있는 것보다…. 현장 실습이 더 좋아. 내가 기회 봐서 엄마는 설득할게."

이야기 나누며 걷다 보니, 어느덧 관광객으로 붐비는 매장이다. 운동장만큼 큰 매장이라 팀장을 찾기가 쉽지 않았다. 계산대에서 기다리고 있었더니, 세련되면서도 우아한 팀장이 나타났다.

"안녕하세요. 감사해요."

나도 모르게 고맙다는 말부터 했다. 아르바이트할 기회를 준 것이 더없이 기뻤다. 아영도 마찬가지였다. 팀장은 마치 친동생처럼 다정하게 대해 줬다.

"여기서는 따로 떨어져서 손님 맞도록 해. 아영이는 문 앞에서 손님들 일일이 인사하고 매장 안으로 안내하는 것 맡고…. 음…. 난희는 간단한 교육부터 받도록 하자. 화장품이나 장신구에 대해 어느 정도 알아야 손님을 맞을 테니까."

팀장은 나를 교육 부서로 안내한 뒤, 담당자에게 귓속말했다. 괜히 얼굴이 뜨거워졌다. 나의 전력을 말하는 것 같아 쥐구멍이라도 찾고 싶었다.

교육을 맡은 직원은 상냥했다. 화장품의 종류에서부터 회사의 특성까지 자세히 알려 주었다. 중국 손님과 일본 손님이 선호하는 화장품도 일일이 보여 주면서 알려 주었다. 그뿐만 아니라, 연령대에 따라 권하는 상품이 다르다는 것도 배웠다.

장신구는 거의 모조품이라 그리 어렵지 않았다.

"한꺼번에 다 배울 수는 없어. 난희는 매일 매장에 나가기 전에 여기에 와서 개인 지도를 받도록."

담당 언니는 냉정한 것 같으면서도 매우 전문적이라 배울 게 많았다.

어느덧, 동대문 매장에 나간 지 한 달이 지났다.

일은 배울수록 욕심도 생기고 재밌었다. 화장하는 방법이라든가 피부 관리 등 알수록 모르는 게 더 늘었다. 그래서 더 깊이 배우고 싶다는 생각이 들었다.

방송을 보는 시각도 변했다. 연예인들의 화장한 모습을 보면 장단점이 보였다. 그런 자신이 신기하기도 했다. 아영도 재밌어하는 것 같아 다행이다.

"난희는 뷰티 쪽에 뛰어난 촉을 갖고 있는데…. 요즘은 대학에 뷰티학과도 많이 생겼어. 전공을 생각해 봐도 될 것 같은데…. 관광객들에게 물건 권하는 솜씨도 대단하고…. 아영이는 글쎄 잘 모르겠고…."

팀장은 총평을 맡은 심사위원처럼 말한 뒤, 양손을 모아 말했다.

"한 달이 지났네. 그동안 잘했어. 이걸로 너희들의 죗값은 끝."

"와아! 감사합니다. 고맙습니다."

아영과 나는 합창하듯 큰 소리로 말했다.

"음…. 이제부터 열심히 공부할 거지? 각서 쓰고 헤어질까?"

팀장은 실제로 하얀 백지를 우리 앞에 내밀었다. 뭔가 서운하면서도 울컥했다. 난 그동안 일하며 마음속으로 느낀 것을 솔직히 말했다.

"팀장님… 공부 열심히 할게요. 뷰티 학과가 있다는 것도 팀장님한테 처음 들었고요. 근데…. 저 여기서 아르바이트 계속하면 안 돼요?"

어차피 단과반조차도 못 다닐 형편인데, 여기서 아르바이트하며 현장을 익히면, 좋을 것 같았다. 아영은 의외로 아무 말이 없었다.

"난희가 사정이 있는 것 같네…. 좋아…. 내일부터 정식 아르바이트로 써 줄게…. 대신 공부도 열심히 해야 한다. 알았지?"

나는 뛸 듯이 기뻤다. 지금까지 암담했던 나의 미래가 환히 비추는 듯싶었다. 관심 있는 전문 매장에서 일할 수 있다니. 그런데 아영이 너무 조용한 게 불안했다.

집으로 오는 내내 말이 없었다. 할 수 없이 내가 조심스럽게 물었다.

"아영아, 왜 아무 말이 없어?"

나는 조심스럽게 물었다.

"엉, 난 실은 장신구나 화장품 등에 별 관심이 없어. 오래 서 있는 것도 힘들고…. 외국 손님들 오면 말도 안 통하고…. 힘들었어…. 난 그냥 학원에 나가 공부할래."

한 달 동안 같은 공간에서 같은 일을 하면서 각기 느낀 점이 다르다는 점이 놀라웠다. 그러나 서로에 대해 더 깊이 알게 되어 기뻤다.

"넌, 든든히 바지랑대가 되어 주는 엄마가 있잖아. 부러워. 난 혼자 뭐든 해야 하거든. 그런데 매장에서 일하는 건 재밌어. 끝까지 해 보고 싶은 일이기도 해. 나중에 내가 너 멋지게 화장해 줄게. 전문가가 되어서."

"와아! 친구 덕분에 최고의 멋쟁이가 되겠는걸…. 신난다."

아영과 나는 하늘을 향해 높이 손을 들었다. 하얀 구름 떼가 우리 머리 위에서 너울춤을 추었다. 아영과 나의 우정과 미래를 축복해 주는 것 같았다. 기뻤다.

아영과 헤어져 집으로 오르다 센터 앞을 지났다. 원장님이 해 주던 개여뀌꽃 이야기가 생생하게 들려왔다.

"원래 여뀌는 물가에 많이 피는 꽃이지. 하지만 환경이 바뀌면 저렇게 산에서도 잘 적응한단다. 오히려 환경이 바뀌면서 더욱 예쁜 꽃으로 피어서 개여뀌꽃이라고 해."

'나도 이 땅에 뿌리내리고 꽃도 피우고 싶다.'

낙산 정상에 다다를 즈음, 하얀 눈이 펑펑 쏟아졌다. 소복소복. 금방 눈이 쌓였다. 마치 누군가 내게 새 도화지를 내미는 것 같았다. 새 하늘에 새 그림을 그리라는 은밀한 소리와 함께.

리수려, 평양에서 온
패션 디자이너

"반짝이 원단 얼마임네까?"

"여긴 도매상이야! 찔끔찔끔 안 팔아!"

아저씨의 폭력적인 말투에 지레 겁을 먹고 돌아섰다. 인터넷으로 주문받은 '휘날레'의 소품이 아니라면 절대로 거들떠보지도 않을 물건인데, 아저씨가 너무 고자세다. 기분도 나쁘고 지나던 사람들도 힐끔거리는 것 같아 고개를 푹 숙인 채, 자리를 옮기며 중얼거렸다.

"그깟 반짝이 옷감쯤 없어도 일 없슴네다. 너무 힘 주지 마시라요!"

속말이라도 하고 나니 속이 시원했다. 동대문 원단 시장은 독특하면서도 다양한 물건들이 많다. 구경하다 보면 눈이 돌아갈 정도다. 탐나는 원단이 많지만, 주인에게 통박을 받을까 두려워 쉽게 가격을 물을 수 없다. 특이한 단추에서부터 색색의 지퍼는 물론 다양한 패턴 등 없는 것이 없다. 북한 장마당에서는 절대 볼 수 없는 물건들이다. 압록강을 건너 중국 뒷골목에 숨어 살 때 본 광저우 시장과도 달랐다. 알록달록 오색 단풍을 닮은 원단의 숲을 지나면 죽은 세포들마저 몽글몽글 살아 움직이는 것 같다. 난 동대문 패션 시장을 돌 때마다 '서울 사람'이 되었다는 게 실감 난다.

'남조선은 뭐든 차고 넘치는구나. 화려한 것 천지고… 단추도 넘 예쁜 게 많아.'

혼자 생각하며 구경하고 있는데, 손전화기가 부르르 떨었다. 난 아직도 손전화기가 울릴 때마다 새가슴이 된다. 국경을 넘다 보위대에 잡혀 심문받을 때 듣던 무전 소리와 흡사하기 때문이다.

- 이번 주 코스프레 사진 촬영 대회에 꼭 일등 먹어야 함. #작품
  기대함다.

'휘날레'의 문자가 요동질을 치고 있다. 오늘 하루 동안 열 번도 더 문자를 보냈다. 하지만 '코스프레 동호회' 사이트에 올린 광고를 보고 주문한 첫 고객이라 짜증을 낼 수도 없다. 쌀을 씻기도 전에 누룽지부터 찾는 것 같아 부담스럽지만 어쩔 수 없다.

- 세상에서 가장 튀는 작품 부탁해요. 기발하면서도 창의적인 나
  만의 색깔이 확 드러나는 옷이요. 근데 진짜 그 가격에 제가 원
  하는 작품 만들어 주는 거 맞아요? 왠지 ㅋㅋㅋ

카페에 올린 가격 때문에 고민이 많은가 보다. '코스프레 전문숍'
과는 비교가 안 될 정도로 단가를 낮춰 올렸더니 생긴 일이다. 걱
정 안 해도 된다는 문자를 남기면서도 기분이 묘했다.

'남조선은 정말 희한한 곳이야! 사람들이 어찌 나에게 작품을 주
문하는 거지? 뭘 믿고?'

엄마가 인터넷 강의 들으라고 사 준 컴퓨터는 나의 놀이터며 보
물창고다. 그날도 검정고시 문제집 몇 장 펼쳐 보다 말고 인터넷 사
냥을 하던 중이었다. 나는 인터넷 사이트를 접하면서 동호회가 많
다는 걸 알게 되었다. 그중에 휘황찬란한 옷을 입고 사진을 올리는
등 특이한 사람들이 모인 카페를 발견했다. '옷'이라는 말에 이끌려
사전에서 '코스프레'라는 뜻을 찾아가며 동호회에 가입했다. 동호
회 사이트에서 많은 걸 배우고 사람들의 일상을 보며 신기했다. 가
입한 지 얼마 안 되어, 양재동에서 정기 모임이 있다는 공지가 떴
다. 그들의 실체를 보고 싶다는 생각에 무작정 길을 나섰다. 서울에
온 지 일 년이 되었지만 가 본 곳이 별로 없다. 북에서도 돌아다니
는 걸 싫어해 집에서 혼자 노는 걸 좋아했다. 낡아서 더는 입을 수
없는 옷감으로 손가방을 만들거나, 행주 등을 만들다 보면, 시간 가
는 줄 몰랐다. 내가 만든 물건을 가족들이 요긴하게 쓰는 걸 보면
뿌듯했다.

서울에 와서는 더욱 그랬다. 나는 디자인 학원을 오가는 것 외에
는 어딘가를 찾아가는 것이 귀찮고 두려웠다. 하지만 동호회 모임

리수려, 평양에서 온 패션 디자이너

은 가고 싶었다. 바싹 긴장한 얼굴로 '시민의 숲'으로 가는 전철을 탔다. 전철 안에 있는 사람들이 나를 쳐다보는 것 같아 식은땀이 났다. 밤늦게까지 인터넷에서 행사장을 살피느라 잠을 설쳤더니 어지럽기까지 했다.

간신히 시민의 숲을 찾았다. 겨울나무로 가득한 숲이 제법 넓었다. 도심 속에 이런 숲이 있다는 게 놀라웠다. 더군다나 숲속에 유리로 된 대형 빌딩이 도도하게 서 있는 게 신기했다. 나는 놀란 눈으로 빌딩을 올려다보았다. 햇빛에 비친 유리창이 보랏빛으로 빛나면서 플래카드가 눈길을 끌었다.

〈자유로운 영혼들의 향연장에 오신 것을 대 환영합니다〉

참 희한한 세상이다. 주위를 두리번거리며 건물 안으로 들어섰다. 그런데 이게 웬일! 사람들이 벌 떼처럼 몰려 있었다. 모두가 독특한 차림이었다. 군복을 입은 사람도 있고, 괴물 영화의 주인공 차림이 있는가 하면, 왕자와 공주 차림도 많았다. 앞가슴을 최대한 드러내려 안간힘을 쓴 듯한 여학생과 눈이 마주칠까 두려웠다. 인민복을 입고 나무총을 멘 남학생의 모습은 왠지 어색했다. 북한 군인 같은 느낌이 전혀 없었다. 모든 사람들의 눈동자가 빨갛거나 파란색 아니면 보라색이라 더욱 기이했다.

나는 유령의 도시에 온 듯싶어 자리를 피하려 했지만 어딜 가나 사람들로 북적거렸다. 행사장을 알리는 표시도 수없이 많고, 분홍색 조끼를 입은 행사 요원들도 엄청나게 많았다. 별천지에 온 것 같았다. 북에서는 경험은커녕, 상상도 못한 일이라 더욱 그랬다. 나는 외계인의 행사장에 잘못 온 것 같아 도망치듯 행사장을 빠져나왔다. 세상이 요지경으로 보였다. 하지만 동호회 행사에 나온 사람들 모두 즐기려 애쓰는 모습은 인상적이다.

나와는 먼 세계에 사는 것 같아 피했으면서도, 동호회 사이트에는 수시로 들어갔다. 그날 행사장에서 찍은 사진들이 속속들이 올라왔다. 누가 가장 튀는 옷차림을 했나? 내기하는 것 같아 절로 웃음이 나왔다. 한참 사람들이 올린 사진과 댓글에 빠져 있는데, 봄날의 새순처럼 싱그러운 공지가 고개를 내밀었다.

〈제 50회 콘테스트 사진전에 회원 여러분의 많은 참여를 바랍니다〉

무슨 소리인가 싶어 그 밑에 실린 내용을 꼼꼼히 살폈다.

- 콘테스트 사진전에서 직접 만든 작품에 가장 후한 점수를 줍니다.

운영자의 공지 밑에 달린 댓글은 더 놀라웠다.

리수려, 평양에서 온 패션 디자이너

- 헉, 손바느질?
- 전문 숍에서 산 작품에 내가 액세서리만 달면 심사위원들이 모르겠죠? ㅎㅎㅎ
- 이번 코스프레 대상은 내 꺼다!

나는 코스프레에는 관심이 없었다. 특히 행사장에 갔다가 본 외계인 같은 아이들에게는 더욱 그렇다. 다만 직접 옷을 만들어 입는다는 데 눈길이 갔다. 올린 글을 주욱 읽다 눈에 띄는 문구가 보였다.

- # 바나나 코스프레 전문 숍/ 원하는 대로 모든 작품 만들어 줍니다. 절대 비밀 보장

문구 밑에 적힌 금액을 보니 어마어마했다.
'무슨 옷값이 저리 비싸지?'
순간 섬광처럼 스치는 게 있었다. 싼값에 옷을 만들어 주면 될 것 같았다. 바느질이라면 무엇이든 자신 있으니까. 재활용 센터에서 주워 온 다양한 옷들을 변형시키면 분명 색다른 옷이 될 거다. 알 수 없는 용기가 불끈 솟았다.
호기심으로 동호회 사이트에 '저렴한 가격으로 창의적인 옷을 만들어 준다'고 올렸다. 한동안 조회 수도 낮고 댓글도 없었다. 포기하려는 순간, 휘날레에게 주문이 들어온 것이다. 꿈인가 싶어 몇 번이

고 확인했다.

'휘날레'의 주문을 확인하자마자, 들뜬 마음으로 재활용센터에서 건진 옷들을 정리하는데 엄마가 들어왔다.

"아니…. 지금 뭐 하는 거니? 학교 때려치우고 한다는 짓이… 고작… 기가 막혀서!"

엄마는 씩씩대며 옷가지들을 모두 내팽개쳤다. 내가 방바닥에 흩어진 옷을 줍자, 엄마는 그것마저 빼앗아 대형 쓰레기봉투에 담아 나가 버렸다.

할 수 없이 '휘날레'의 옷을 만들기 위해 동대문 패션 시장에 나오게 된 것이다. 여기저기 돌아다니며 저렴한 가격에 레이스도 사고, 단추도 구했다. 벨트도 생각보다 싸 두 개나 샀다. 2층 액세서리 코너를 휘휘 돌고 3층에 올라가자 다시 원단 가게가 나왔다. 중앙통을 지나 끝 즈음에 있는 가게에 반짝이 원단이 눈에 들어왔다. 세련된 차림의 언니가 낡은 뚝배기 그릇에 코를 박은 채 밥을 먹고 있었다. 왠지 콧등이 찡해 왔다. 혼자 밥 먹는 모습을 보자, 국경선 일대에서 꽃제비 생활을 하던 때가 생각났다.

'남한은 다 잘사는 줄 알았는데…. 저 언니는 왠지 불쌍해 보이네….'

그냥 못 본 척 피하려는데 밥 먹던 언니가 다급하게 불렀다.

"처음 보는 손님이네요… 뭐 필요해서?"

"저…. 반짝이 원단 좀 보려고…요."

　　　　　　　　　　　리수려, 평양에서 온 패션 디자이너

내가 우물거리자 언니가 먹다 만 음식 쟁반에 신문지를 덮으며 물었다.

"원래 소매는 안 하는데… 단골 트자고… 싸게 팔게!"

"조금만 사도 돼요?"

"뭐 하려고?"

왠지 눈이 슬퍼 보이는 언니가 고개를 바싹 들이밀며 물었다.

"옷… 아니… 뭣 좀… 만들려고요….."

"학생인 거 같은데 직접 옷을 만들어?"

"아… 네…."

나는 더 오래 있으면 신상이 다 털릴 것 같아 반짝이 원단을 산 뒤 줄행랑을 쳤다. 더 사고 싶은 건 많은데 가난한 주머니 사정을 생각해 밖으로 나왔다.

'얼른 돈 벌어서 원 없이 사고 싶은 재료 다 사서 옷 만들어야지.'

밖으로 나와 지금까지 돌아다닌 상가를 물끄러미 쳐다보았다. 겉으로 보기에는 허름해 보이는 상가 안에 진기한 재료들이 많다는 게 영 믿어지지 않았다.

임대 아파트가 있는 환상촌 가는 버스가 왔다. 나는 버스 안에 앉아서도 유심히 옷 가게를 살폈다. 예쁜 마네킹이 입은 옷을 보며 상상의 나래를 펼쳤다.

'보라색 원피스에는 검정 재킷이 어울리는데…. 촌스럽게 붉은 카디건을 걸쳐 놓다니….'

꿈꾸듯 창밖을 내다보느라 두 정거장이나 지나쳤다. 버스비를 아끼기 위해 걸었다. 걸으며 동네를 익히는 것도 나쁘지 않았다. 겨울 햇살이 아파트 꼭대기에 걸터앉은 걸 보는 순간, 마음이 급해졌다.

'엄마 오기 전에 얼른 들어가… 만들어야지.'

아파트 비밀번호를 누르고 들어오다 깜짝 놀랐다. 머리에 검은 띠를 두른 엄마가 나를 쳐다보고 있는 것이다. 아직 땅거미도 지지 않은 시간에 엄마가 집에 들어오다니.

"너? 지금 뭐 하는 거임? 검정고시 학원 벌써 끝난 거임?"

앗, 엄마는 내가 지금 검정고시 학원 대신 패션 디자인 학원에 다니는 걸 모르고 있었다.

"몸이 째서리…."

나는 정말 몸이 아픈 사람처럼 엄살을 부리며 구두를 벗었다.

"엄마도 온몸이 매 맞은 것처럼 째서 조퇴했는데… 너까지? 근데 아프다면서 양손에 든 봉지는 뭐임?"

간병인으로 일하면서 한 번도 조퇴라고는 해 본 적이 없는 엄마라 놀랐다.

"간병일도 힘들 텐데…. 주말 알바까지 하니 몸이 째죠."

"너 데려오느라 빚진 브로커비 빨리 갚아야… 곧 대학도 가야하고… 돈 들어갈 일이 고구마 줄기인데…"

"나도 내 앞가림은 할 테니 제발…."

"그나저나 그 봉지는 뭐니?"

엄마가 나의 손에 있는 검은 봉지를 휙, 낚아채며 말했다.

하얀 레이스

크고 작은 단추들

북한 장교들이 차고 다니는 듯한 널찍한 허리 벨트

반짝반짝 빛나는 옷감 등

동대문 시장에서 사 온 물건들이 주인 잃은 신발처럼 여기저기 나뒹굴었다. 엄마가 나를 집어삼킬 듯 두 눈을 부릅떴다.

"이 애미나이가? 엄마 말 안 듣고 여전히… 내래 너 그 따위 바느질이나 하라고 피 같은 돈 빚져 가면서 데려온 줄 아네? 평양에서 못한 공부, 원 없이 하라고 엄마가 이리 애쓰는데, 넌 왜 엉뚱한 짓이니? 대한민국은 대학 안 나오면 사람 취급 못 받는 곳이야."

"엄마. 여기도… 좋은 대학 나와도 취업 안 돼서… 대학을 6년씩이나 다니고 있는 사람도 많아… 남조선도 변했다고. 난 옷 만들면서 살 거야. 인터넷에 잘 찾아 봤더니 옷 만드는 것 가르쳐 주는 학원도 많아. 난 이미… 지금…."

검정고시 학원 대신 패션 디자이너 학원에 다닌다는 걸 고백하려 했다. 하지만 엄마의 화난 얼굴을 보자 꼬리를 내릴 수밖에 없었다.

"그놈의 인터넷이 사람 잡는구나! 괴물이야… 괴물."

"인터넷이 뭘? 엄마는 암것도 모르면서…."

맞는 말이다. 나에게 인터넷은 모든 것의 길잡이요 스승이다. 하나원에서 인터넷을 처음 접한 순간 비로소 광명을 찾은 느낌이었다. 인터넷은 만물박사처럼 필요할 때면 언제든 도움이 되어 주었다. 북에서 오지 행군 때 주어졌던 나침반과 같다. 무엇보다 인터넷은 혼자 놀기에 딱 좋은 친구다.

"엄마는 남조선에서는 인터넷 못 하면 바본 줄 모르지? 아기를 키우는 것도 음식을 하는 것도…. 심지어는 연애 상담까지 인터넷이 모든 걸 가르쳐 주는 세상이라고…."

"인터넷이 네 앞길까지 열어 준다던? 뭐 옷을 만들며 산다고? 너처럼 두루뭉술 옷 만들어서 어느 짝에 쓰려고? 짱짱한 대학 의류 디자이너학과 나와도 성공하기 힘든 세상인데…."

"나도 남조선 학교 끝까지 다니고 싶었어. 근데 도저히 진도를 따라갈 수가 없었다고… 평양에서는 당 간부 애들에게 기죽었지만, 실력은 떨어지지 않았어. 근데 여긴 모든 것에 뒤쳐진단 말이야. 일단 기초부터 다르니까. 그래서 일반 학교 그만둔 거야. 난 내가 할 수 있는 일을 할 거야. 엄마."

나는 일반 학교에 가 당한 고통이 생각나 울컥 목젖이 아팠다.

"어려서부터 요상한 짓만 하더니…. 죙일 앉아 인형 옷이나 해 입히고…. 그런데 여기까지 와서도 궁상이니…."

맞는 말이었다. 북에서도 나는 늘 공벌레처럼 앉아 바느질을 했다. 고작 아빠가 어디선가 구해 준 인형 옷을 만들어 입히는 것이긴 했지만. 나는 종일 집에 혼자 있어도 심심하거나 무섭지 않았다. 여

리수려, 평양에서 온 패션 디자이너

름이면 입다 버린 면 셔츠나 내복에 들꽃이나 풀을 짓이겨 물을 들인 뒤, 옷을 만들기도 하고, 아빠의 낡은 군복을 잘라 잠바를 만들기도 했다. 물론 모두 손바느질이었다. 직업군인이었던 아빠가 사고로 누워 있자, 엄마가 돈 번다고 중국 장마당을 오가느라 집을 비울 때면 아예 학교조차 가지 않았다.

아무도 없는 집에 앉아 바느질을 하다 보면, 손을 찔려 피가 나도 일없었다. 다 낡아 빠진 헝겊 쪼가리가 새 옷으로 변할 때 느끼는 희열은 상상 외로 컸다. 중국 장마당에 나갔다 며칠 만에 돌아온 엄마는 그런 나를 늘 못마땅해했다.

"녀자가 궁색하게 앉아 바느질하면 팔자 사나워진다고 그리 말려도… 쯧쯧…"

엄마는 팔자라는 말이 무슨 뜻인지도 모르는 내 종아리에 붉은 줄이 설 때까지 때렸다. 박달나무 회초리에 힘이 넘치는 걸 보면 엄마가 바느질하는 걸 얼마나 싫어하는지 알 것 같았다. 그래도 나는 절대 빌지 않았다. 아니 빌 이유가 없었다. 바느질한다고 때리는 엄마가 원망스러울 뿐이었다.

그렇게 중국 장마당을 오가던 엄마가, 몇 년간 소식이 없게 되면서 집안이 휘청거렸다. 나는 엄마 대신 아빠 병간호는 물론 살림을 도맡았다. 집안일을 하면서도 시간만 나면 바느질을 했다. 나는 밥상 덮개며 행주 등을 만들어 장마당에 내다 팔기도 했다. 한 땀 한 땀 바느질을 하는 시간만큼은 엄마를 향한 그리움도 미래에 대한 불안도 잊을 수 있었다. 하얀 헝겊 위에 색색의 수를 놓는 순간만 큼은 배고픈 줄도 몰랐다 무엇보다 행방불명된 엄마를 찾으러 검문을 나온 보위부의 눈을 피해 숨어 있기에 바느질만큼 좋은 친구는 없었다.

엄마가 떠난 지 5년이 되던 해, 아빠는 뼈만 남은 채, 하늘나라로 가셨다. 얼마 후, 서울에서 보낸 브로커를 따라 죽음의 강을 건너 엄마를 만났다.

옛날 생각하며, 비닐봉지서 쏟아져 나온 물건 때문에 엄마와 실랑이를 벌이는 동안에도 연신 메시지 오는 소리가 들렸다. '휘날레' 였다. 가슴이 후당당 뛰었다.

"엄마, 내가 돈 벌어서 디자인 학원 다닐 테니까. 걱정 마."

"어휴. 골칫덩이…. 니 아빠도 순종형인데 누굴 닮은 거임? 저렇게 말도 안 듣고 제멋대로인 애미나일 데려오지 못해 밤마다 애간장을 태운 걸 생각하면…. 내 팔자도 참…."

나는 엄마의 잔소리를 뒤로 한 채, 방으로 들어왔다. 일단 반짝이 원단을 펼쳐 놓은 위에 패턴을 올려놓았다. 하얀 백묵으로 밑그림을 그린 뒤, 잘 드는 가위로 싹둑싹둑 오렸다. 역시 새 가위라 술술 잘 나갔다. 패턴 선을 따라 가위질에 몰입하려는데, 또 메시지가 왔다.

– 혹, 중간 작업…. 사진으로 올려 주실 수 있는지요?

리수려, 평양에서 온 패션 디자이너

휘날레의 재촉에 심장이 타들어 갈 것만 같다. 괜한 일을 벌렸다 싶기도 하다. 확, 집어치우고 싶지만 심호흡을 한 뒤 메시지를 보냈다.

- 아직 구상 중입니다. 되는 대로 사진 올릴게요.
- 선급금을 너무 적게 줘서 작업이 늦어지는 건가요? 이번 코스 프레 사진 대회에는 꼭 짱 먹고 싶단 말예요. &&&***%%%

마지막 문장 부호가 무엇을 뜻하는 것인지 알지만, 모른 척 무시했다.

'되도록 까칠하게!'

오늘 밤에 패턴 뜨는 작업을 하고, 내일 패션 디자인 학원에 가 재봉틀을 하려면 완벽하게 준비해야 한다.

'아르바이트라도 해서 얼른 중고 재봉틀이라도 사야지.'

나는 자신만의 재봉틀을 갖는 날을 손꼽아 기다렸다. 학원 실습 시간에 최신식 재봉틀 앞에 앉으면 황홀해졌다. 무엇이든 만들 자신이 생겼다. 드르륵, 소리와 함께 새로운 작품이 만들어질 때의 환희란! 수업이 끝나고 나서 더 연습한다는 핑계로 재봉틀을 돌리며 이것저것 만들다 보면, 어느 샌가 팀장님이 다가왔다.

"수려 양은 정말 엑설런트 해요! 감각이 타고났어요. 다음 전시회 페스티벌에 나갈 작품 한번 같이 해 봅시다. 그냥 썩히기엔 재능이 아까운데…"

팀장님은 혼잣말처럼 말을 흐렸다. 대기업 의상실에서 일했다는 꽁지머리 팀장님은 겉모습만으로도 남다른 분위기였다. 나는 자유로우면서도 은근히 여성적인 냄새가 풍기는 팀장님의 '엑설런트'라는 말을 들을 때마다 가슴이 울렁거렸다.

 매일 바뀌는 팀장님의 옷차림을 상상하며 대형 가방에 패턴대로 뜬 옷감을 챙기는데 벌컥 문이 열렸다. 엄마가 벌겋게 충혈된 눈으로 나를 노려보았다. 가슴이 덜컥 내려앉았다.

 "정말! 네가 엄마를 이렇게 실망시킬 수 있어?"

 엄마는 가방 속에 든 패턴과 옷감을 바닥에 팽개쳤다. 순식간에 방바닥에 널브러진 옷감 속에서 별들이 튀어나와 반짝였다. 분이 풀리지 않는지 가위로 싹둑싹둑 옷감과 패턴을 오려 버렸다. 나는 엄마의 손에서 잘려 나가는 것이 옷감이 아니라, 나의 꿈인 것 같아 울부짖으며 소리쳤다.

 "차라리 날 오려 버려!"

                             * * *

 지난 밤새 내린 눈으로 온 세상이 하얗게 변했다. 방송에서는 온통 눈 소식으로 요란 법석이다. 마치 눈을 세상에서 처음 보는 사람들처럼 말이다. 하긴 서울에서는 눈 구경하기가 쉽지 않다. 평양 외곽에 살던 나는 집 앞의 눈은 물론 도로 눈까지 치우느라 지겨웠는

리수려, 평양에서 온 패션 디자이너

데 말이다. 아빠가 돌아가신 날도 함박눈이 억수로 내렸다.

지난밤의 일이 미안한지 엄마는 불고기 반찬을 슬며시 내 앞으로 내밀며 말했다.

"수려야… 엄마는 네게 뭐든 다 해 주고 싶어. 네 앞길을 위해서라면 뼈가 부스러지도록 일할 수 있다고… 근데 왜 그리 엄마 마음을 몰라? 바느질은 여기서 정말 쓸데가 없다고!"

엄마가 화해하자는 뜻으로 부드럽게 말했다. 나는 말없이 불고기를 목구멍으로 넘기는 것으로 대답을 대신했다.

'선급금 다 날렸으니 어쩌지? 다시 동대문 시장에 나갈 돈도 없고….'

입으로 고기는 넘기면서도 그저 막막하기만 했다.

"어서 검정고시 패스하고 대학 준비하자. 넌 머리 좋으니까…. 거뜬히 해낼 거야."

엄마는 늦었다면서도 잔소리를 한바탕 늘어놓은 뒤, 출근했다. 일요일인데도 쉬지 못하고 낯선 노인의 똥오줌을 가리러 나가는 엄마가 안쓰러웠다.

나도 설거지를 대충 끝내고 밖으로 나갈 채비를 했다. 동네 성당 재활용 센터에 빨리 가야 좋은 물건을 구할 수 있다. 나는 사람들과 눈 마주치는 것이 싫어 모자를 푹 눌러 쓴 채, 성당 뒷마당에 펼쳐진 '재활용 센터'를 찾았다. 허리가 구부정한 할머니가 진열대에서 옷가지들을 살피고 있었다. 서너 살 먹은 아이 손을 잡은 젊은 엄마도 눈에 띄었다. 처음 재활용 센터에 왔을 때는 정말 놀랐다.

'이렇게 좋은 옷들을 버리다니. 남조선 사람들은 정말 잘사나 봐…. 얼마나 잘살기에 새 옷을 버릴까…. 정말 공짜로 가져가도 되는 걸까?'

모든 게 궁금했지만 물을 수는 없었다. 마음에 드는 옷을 골라 한 보따리 안고 들어왔다. 실은 내가 입고 있는 옷 중에 대부분은 재활용품이기도 하다. 압록강을 건너 국경선 일대에서 꽃제비 생활을 하던 때를 생각하면, 헌 옷도 과분하다. 재활용품은 절대 헌 옷이라고 낡은 게 아니다. 라벨도 떼지 않은 새 옷도 많았다. 모든 게 풍성해 보이는 세상에 살게 되었다는 사실이 기쁘면서도 왠지 서글펐다. 고향에서는 볼 수조차 없는 옷을 여기서는 넝마주의에게나 넘기다니. 그럼에도 자주 재활용 센터에 오게 되었다. 중독이었다.

> 평양에서 온 패션 디자이너/'리수려'를 향하여

나는 좁지만 아늑한 방 중앙에 좌표를 붙여 놓았다. 인터넷 속에서 만난 '장 폴 고티에'의 작품에 현혹되면서 생긴 꿈을 향한 다짐이었다. 실제로 동대문 DDT에서 하는 전시회에 나가 본 뒤, 더욱 흠모하게 되었다. 우아하면서도 독특한 옷을 만드는 그를 닮고 싶었다. 잠시 딴 생각을 하는 사이 봉사하는 아주머니가 큰 소리로 말했다.

리수려, 평양에서 온 패션 디자이너

"어휴, 예쁜 학생… 아니 아가씨가 오니 우중충한 옷들이 환해 보이네… 오늘은 좀 건질 게 많을 거야. 성북동 부자 동네에서 나온 옷들이 꽤 되거든. 얼른 챙겨 봐."

노란 자원 봉사 조끼를 입은 아주머니가 알은체를 하며 챙겼다. 아주머니는 내가 올 때마다 살갑게 대해 주었다. 조용히 고개 숙여 인사 드린 뒤, 나는 보물 찾듯 옷가지를 들췄다. 좋은 옷이 너무 많아 흥분되었다.

"부자 동네에서 나온 옷이라 다르긴 하지? 혹시… 감춰 둔 수표가 들어 있을지도 모르니까… 주머니부터 샅샅이 뒤져 보라고. 호호."

아주머니가 심심한 듯 농담까지 건넸다. 실제로 지금까지 본 재활용 옷과는 차원이 달랐다. 나는 옷감만 봐도 단가는 물론 무슨 옷을 만들지 감이 잡혔다. 남조선 옷은 대부분 감의 질이 좋았다. 가져온 커다란 가방에 잔뜩 옷을 챙겨 넣었다. 그만 돌아가려는데, 눈앞에 확 띄는 물건이 있었다. 북에서 인민군들이 입던 군복 같은 잠바가 보였다. 얼룩무늬를 보는 순간, '휘날레'가 떠올랐다.

'기발하고 특이한 옷! 세상에 하나밖에 없는 작품!'

느릿느릿 물건을 고르던 할머니가 내가 든 얼룩 옷에 관심을 가졌다. 나는 얼른 가방에 집어넣었다. 할머니가 입을 삐죽이며 그릇이 잔뜩 쌓인 쪽으로 갔다. 가져온 가방이 차서 더는 구겨 넣을 수가 없었다.

'겹쳐 입자!'

내가 군용 얼룩 잠바를 꺼내 입자 아주머니가 놀란 표정으로 바라보았다.

"미모가 되니 뭘 입어도 예쁘다니까…"

아주머니의 호들갑이 아니라도 나는 군용 잠바가 마음에 꼭 들었다. 보따리를 들고 쏜살같이 집으로 돌아와 패턴을 꺼내 놓고 과감하게 가위질을 했다. 내일 재봉틀 끝내서 중간 사진 올린 다음 중도금을 요구할 생각이다.

코스프레 동호회에 올라온 행사 사진들을 보면, 대부분 비슷했다. 일본 만화 캐릭터의 주인공을 모방한 시스루 스타킹을 신은 화려한 원피스 차림이라든가, 캐츠 도레미 차림, 혹은 일본 간호사 차림이나 교복을 개조한 차림들이었다.

'그저 예쁘기만 한 원피스가 아니라, 중성적인 분위기인 아이언 맨 스타일을 만들어 봐야지.'

나는 그동안 디자인 학원에서 배운 것을 해 보고 싶은 마음에 손길이 빨라졌다.

반짝이 감을 기본으로 그 위에 얼룩무늬를 덧대면 독특한 옷이 될 듯싶었다. 간신히 건진 벨트를 사용할 허리선을 넓게 본을 떴다.

엄마가 들어오기 전, 재봉틀을 하기 위해 부리나케 학원엘 나갔다. 다행히 팀장님이 작업을 하고 있었다.

"웬일이야? 쉬는 날에?"

"저… 연습할 게 있어서요… 재봉틀 써도 되지요?"

리수려, 평양에서 온 패션 디자이너

"그럼… 대단해! 난 약속 있어서 나가야 하는데… 지난번처럼 문 잠그고 나가도록 해. 수고!"

팀장님이 엄지손가락을 치켜올리며 나갔다. 본격적으로 작업을 시작했다. 드르륵, 고요를 뚫고 흐르는 재봉틀 소리가 풍금 소리처럼 정겨웠다.

배꼽시계가 신호를 보내도 아랑곳없이 앉아 바느질을 했더니, 어느 정도 작품이 완성되었다. 중간보고를 하기 위해 사진을 찍었다. 넓은 작업대에 패턴을 펼쳐 놓으니 색달랐다. 사진을 찍자마자 휘날레에게 보냈다. 채 5분도 안 되어 손전화기가 부르르 떨었다.

- 헉, 이게 뭐예요? 웬 원피스? 난 남자란 말입니다.

메시지를 보는 순간, 숨이 멈출 것 같았다.

- 키 160에 허리 사이즈가 25라고 하지 않으셨나요?
- 키 작은 남자도 있어요. 쩝.
- 죄송합니다. 당연히 여자라고만 생각했어요.
- 어떡해요? 대회가 코앞인데….
- 다시 만들게요. 죄송합니다.
- 대신… 작품 만들면 대회장으로 갖다주세요. 오늘이 목요일인
  데 지금 만들어서 우편으로 부칠 수는 없잖아요. 12시쯤 시민

의 숲에 있는 도라 빌딩 행사장에 와서 전화하세요.

주고받던 메시지를 끊고 나자 맥이 풀렸다. 더군다나 휘날레의 명령 조 말투가 영 마음에 걸렸다. 직접 물건을 전해 달라는 것도 부담스러웠다. 다행인 건, 호기심으로 한 번 가 본 곳이 이번 행사장이라는 것이다.

'왜 나는 여자라고만 생각을 한 거지? 허리 사이즈가 25라니까 당연히 여잔 줄 알았지.'

나는 머리를 쥐어박으며 툴툴댔다. 무엇보다 원피스가 아니면 무슨 작품을 만들지 깜깜했다. 할 수 없이 실장님 책상에 있는 컴퓨터를 켰다. 검색어에 '코스프레 동호회'를 친 뒤, 돌아다니며 행사 사진을 클릭해 보았다. 특별한 건 없었다. 남자들은 군복이나 교복 등 제복을 입고 총이나 칼을 찬 경우가 대부분이었다.

문득 DDT에 가서 '장 폴 고티에' 전시회에서 본 작품이 생각났다.

'나도 저런 멋진 디자이너가 되고 싶다. 정성이면 돌 위에서도 꽃을 피운다잖아. 도전해 볼까? 언젠가는 장 폴 고티에를 닮은 작품을 만드는 사람…'

우연히 접한 디자이너의 작품이지만 마음에 들었다.

그때 본 것을 응용할 생각이다. 자유로운 영혼을 대변하는 펑크 스타일! 원시인 남자를 떠올리게 하는 작품이면 좋을 듯싶었다. 새 작품을 만들려면 옷감이 필요했다. 나는 부리나케 주변을 정리하고

리수려, 평양에서 온 패션 디자이너

성당을 향해 달렸다. 다행히 문 닫기 전이었다. 하지만 파장 분위기라 을씨년스러웠다.

"또 왔어? 재미 들렸나 보네…. 이제 별것 없는데…."

다크 서클이 짙게 내려앉은 아주머니가 피곤한 듯, 하품을 하며 말했다.

"잠시만 기다려 주시면 안 돼요?"

"저쪽 그릇부터 싸고 있을 테니 살펴봐…. 상자에도 좀 있을 거야…."

나는 아무렇게나 쌓아 놓은 옷가지들을 샅샅이 뒤졌다. 은빛이나 흰색 옷가지는 무조건 건졌다. 얼룩무늬 옷도 집었다. 한쪽에 밀어 놓은 상자 안을 들여다보는데, 색동으로 된 한복이 보였다. 번개처럼 아이디어가 떠올랐다. 고티에가 즐겨 만들던 줄무늬 의상을 변형하면 될 듯싶었다. 색동옷을 가방에 집어넣은 뒤, 잽싸게 센터를 빠져나왔다.

집에 가면 엄마에게 들킬까 두려워 다시 디자인 학원엘 갔다. 주머니에 잘 챙긴 열쇠로 문을 열고 들어갔다. 교실 안에 감도는 정적이 감미로웠다. 배가 고파 정수기에서 생수를 받아 들이마신 뒤 패턴을 놓고 본을 떴다. 땅거미가 지면서 거리의 간판에 불이 들어왔다. 어깨가 아파 잠시 기지개를 켜며, 창밖을 내다보았다. 도망치듯 달리는 자동차 물결에 멀미가 날 것 같았다. 서울은 여전히 복잡하고 바쁜 사람들로 넘쳐나는 도시였다. 나는 창문에 비친 해쓱한 자신을 향해 물었다.

'정말 돈 받을 만한 작품을 만들 수 있을까?'

갑자기 자신감이 곤두박질쳤다. 휘날레의 못마땅해하는 얼굴이 오버랩 되면서 온몸에 기운이 빠졌다. 나는 강하게 머리를 흔들며 믹스 커피를 타 마셨다. 다행히 과자 부스러기도 눈에 띄었다. 갑자기 허기가 몰려왔다. 정신없이 과자를 집어 먹었다. 꽃제비 생활을 하며 쓰레기통을 뒤지던 생각이 나 씁쓸했다.

'군청색 잠바를 오려 밑 작업을 한 뒤, 색동저고리의 문양을 다양하게 살리자'

일단 무엇을 만들지 정해지자 진도가 착착 나갔다. 가져온 옷가지들을 펼쳐 놓고 필요한 대로 오려 놓았다. 색동저고리는 조각조각 다양한 모양을 만들었다. 군청색 잠바에 빈티지 냄새가 물씬 풍기게 장식을 달았다. 오려 놓은 색동 문양을 주머니에 포인트로 넣었다. 제법 작품이 되어 가는 것 같았다. 끈 대신 위엄 넘치는 벨트를 낄 수 있도록 고리를 만들었다. 시계를 보니 자정이 넘었다. 사위가 고요했다. 창밖의 차량도 확실히 줄었다. 집으로 가는 시내버스도 분명 끊겼을 것이다. 화난 엄마 얼굴이 떠올라 전화조차 못 걸고 있는 찰나에 전화가 왔다.

"자정이 넘었는데 왜 안 들어오는 거니?"

의외로 엄마의 목소리는 담담했다. 화를 내지 않는 엄마 목소리를 들으니 더욱 미안했다.

리수려, 평양에서 온 패션 디자이너

"여기 디자인 학원인데… 작업하다 보니 버스를 놓쳤어… 걱정 마시고 주무세요. 엄마…."

"디자인 학원? 검정고시 학원이 아니고?"

엄마가 큰 소리로 외쳤다. 나는 얼굴 보고 말하는 것보다 낫겠다 싶어 모든 걸 털어놓았다. 검정고시 학원에서 느끼던 절망감. 인터 넷 세상에서 만난 옷 만드는 학원을 발견했을 때의 희열 등에 대해 낱낱이 고백했다.

"못 말리겠네. 어려서부터 별나더니…."

엄마도 어쩔 수 없다는 듯 딸 걱정으로 전화를 끊었다. 자리에서 일어나 문을 단단히 잠근 뒤, 다시 바느질을 시작했다. 포인트 작업 은 일일이 손바느질을 했다. 깜빡 졸다 손이 찔려도 피로한 줄 몰랐 다. 나는 미래를 수놓듯 한 땀 한 땀 정성을 들였다.

꼬르륵!

배에서 천둥소리가 요동을 쳤다. 시계를 보니 새벽 네 시였다. 사무 실 안에 감도는 정적이 두려워 벌떡 일어나 창밖을 내다보았다. 거리 는 한산했고, 가로등만이 졸린 듯 희미하게 비추었다. 파도처럼 피로 가 밀려왔다. 팀장님의 폭신한 의자에 누워 까무룩 잠이 들었다.

***

어렵지 않게 행사장을 찾았다. 건물 안으로 들어서자, 사람들이

어마하게 많았다. 여전히 별세계에서 온 외계인들로 가득했다. 넋을 놓고 있는데 손전화가 울렸다. 휘날레다. 기다리고 있다는 티켓 박스를 찾아 두리번거리는데, 누군가 나의 어깨를 쳤다.

"리수려 님 맞죠?"

키가 작달막한 남자아이였다. 파란 렌즈를 낀 눈동자가 고양이를 연상케 했다. 하얗게 분칠한 얼굴은 외계인처럼 보였다. 시선을 어디에 둬야 할지 허둥대자, 휘날레가 가방을 낚아챘다.

"내 거 맞죠? 얼른 풀어 볼게요!"

목소리도 가늘면서 음색이 높아 여성스러웠다.

"어머머! 이게 뭐예요? 중간에 사진으로 볼 땐 특이하고 좋더니…. 완전 꽝이네!"

휘날레가 분칠한 얼굴을 실룩거리며 소리를 질렀다. 나는 가슴이 쿵 내려앉는 것 같았다. 낭패다 싶어 온몸에 기운이 쏙 빠졌다.

"마음에 안 드세요? 동호회 사진 보니 모두 비슷해서… 다르게 표현하려고 만들어 본 거예요. 펑크스타일 싫으세요?"

나는 옷에 대한 설명은 해야 될 듯싶어 모기만 한 소리로 말했다. 휘날레가 기가 막힌다는 듯, 옷을 꺼내 흔들며 나를 다그쳤다.

"이게 특이하다고요? 완전 거렁뱅이 옷이네요… 쪽팔려… 난 망했어! 어쩐지 싸다 했더니… 엿 됐다. 증말… 왕짜증…."

나는 좀 심하다 싶으면서도 그저 고개만 조아렸다.

그런데 행사장으로 올라가는 엘리베이터에서 한 남자가 내려왔다. 긴 머리를 묶은 모습이 어디서 많이 봤다 싶었다.

"아니! 수려 양! 여기 무슨 일로?"

디자인 학원 팀장님이었다. 귀신에 홀린 것 같았다. 이런 곳에서 팀장님을 만나다니. 나는 허벅지를 꼬집어 보았다. 분명 꿈은 아니었다.

"앗, 허달수 디자이너님. 아는 사람이세요?"

휘날레가 팀장님을 아는 듯 굽실거리며 알은체를 했다.

"쳇, 전 망했어요. 오늘 사진 콘테스트에는 참가조차 못하게 되었다고요. 오늘은 디자이너님 심사에 꼭 뽑히고 싶었는데…."

휘날레의 말에 팀장님은 모든 것을 눈치 챘다는 듯, 바닥에 걸레처럼 내팽개친 옷을 집어 들었다.

"척 보기에도 아주… 엑설런트예요. 창의적이고…. 이걸 수려 양이 만들었군. 수업 후에 남아서 만든 작품인가? 허허…."

팀장님의 과찬에도 나는 쥐구멍을 찾고 싶었다.

"무슨 말씀이세요? 저 괴상망측한 옷을 어떻게 입으라는 거예요."

"이 행사의 정확한 취지를 모르는군! 남을 무조건 따라 하는 게 아닌, 자신만의 세계를 보여 주는 자리 아닌가? 내가 보기에 옷감도 모두 재활용한 것 같아 좋은데…."

팀장님은 나의 어깨를 두드린 뒤, 다시 엘리베이터를 탔다. 그 뒤를 이어 울긋불긋 다양한 옷차림의 사람들이 따라 올라갔다. 색동 저고리 빛 보다 더 찬란했다. 거기다 모두 형형색색의 눈빛으로 지상에서 가장 행복한 미소를 지었다.

"에잇, 그냥 입어야지…. 어쩌겠어. 돈은 나중에 입금할게요."

휘날레는 징징대며 옷을 챙겨 어디론가 사라졌다. 나는 아무 말도 못 한 채, 행사장을 빠져나왔다. 찬바람이 온몸을 훑고 지나갔다. 비로소 화끈거리던 얼굴이 평정을 찾았다.

'세상에! 저 많은 사람들이 입은 다양한 옷들이라니! 저 옷들은 누가 만들었을까?'

나는 혼자 중얼거리며 전철을 향해 걸었다.

"유령들의 잔치인가? 좀비들이 행진하는 것 같기도 하고… 무리 속에 함께 있지만 결코 어울리지 못하는 몸짓들…. 신기해…."

순간, 나는 코스프레 행사장에 나온 사람들과 내가 닮았다는 생각이 들었다. 여럿이 있어도 늘 혼자인 사람들. 왠지 가슴에서 바람이 일렁였다.

***

"또 시작이니? 너도 남조선 친구도 사귀고 그래야지. 허구한 날 방안통수처럼 앉아 뭐 하는 거니? 이러다 엄마 속 터져 죽겠다."

엄마의 잔소리가 날이 갈수록 심해졌다. 나는 혼자 놀고, 먹고, 자는 게 편하고 좋은데, 엄마의 걱정 지수가 높아져서 고민이다. 아무래도 며칠 전 팀장님이 제시하던 말에 따라야 할 듯싶다.

리수려, 평양에서 온 패션 디자이너

"리수려 양. 양재동 행사에서 본 옷 대단한 호응이었던 거 알아? 심사위원 모두 반응이 좋았지. 다만 본인 작품이 아닌 게 흠이라 대상을 못 받은 거야. 작품비 톡톡히 받아야 하는데… 연락 왔어?"

휘날레는 그날 이후로 연락 두절이었다. 잔금도 보내지 않았다. 며칠 전 동호회 카페에 들어가서야 상을 받은 걸 알았다. 그렇다고 팀장님에게 시시콜콜 말하고 싶지도 않았다. 국경선을 넘으며 죽을 고비를 넘기며 만난 사람들 중에는 휘날레보다 더한 사람도 많았다. 그쯤 일도 아니라고 생각하며 마음을 접었다.

"음… 그동안 생각해 봤는데… 리수려 양 제대로 공부해 보는 게 어때? 업계 선배님이 세운 패션 디자인 학교인데 대단해. 이 분야에 재능 있는 학생들을 위한 특수학교지. 전 세계를 향한 인재 양성이 목표인 학교야. 내가 추천할 테니 들어가라고. 기숙 제공 전문학교니까 숙소 걱정은 안 해도 될 테고… 아마 학비도 국비 보조 받을 수 있을 거야."

팀장님의 말을 엄마에게 전할 때가 되었다는 생각이 들었다.

"이제 엄마가 말을 해도 딴청을 해? 도대체 언제까지 청승 떠는 꼴을 봐야 하는 거니? 엄마는 삭신이 쑤시고 아파도 노인네 똥 기저귀 가는데…"

엄마가 가슴을 치며 울부짖었다. 나도 목젖이 울렁댔다. 이대로는 안 될 듯싶었다. 떨어져 사는 동안 그토록 그리워하던 엄마와 이렇게 지옥처럼 살 수는 없었다.

"엄마, 나… 학교 갈 거야. 디자인 학원 원장님이 추천해 주셨어. 조건도 아주 좋아. 근데 천안에 있어서… 엄마랑 또 떨어져야 해. 그래도 주말에 자주 올게."

패션 학교에 대한 역사는 다음에 말하기로 했다. 엄마가 놀란 얼굴로 바라보는 걸 알면서도 나는 못 본 척 짐을 꾸렸다. 우선 바느질 도구부터 챙겼다. 서랍 안이며 봉지마다 챙겨 놓은 헝겊들이 자신도 데려가 달라고 아우성이었다. 모두가 가족처럼 살갑게 느껴졌다.

'물론이지. 너희들은 내 분신이니까!'

모든 준비를 마치고, 천안으로 가는 날, 엄마도 휴가를 얻었다.

"수려가 어른이 다 됐구나! 자기 앞길을 찾아 나서고… 고맙고 대견하다. 네가 좋아하는 일을 배우러 간다니… 넌 엄마처럼 살지는 않겠다 싶더라."

서울에 와 처음으로 듣는 칭찬이다. 나는 엄마가 나를 인정하고 믿어 주는 것 같아 기분이 좋았다. 나는 엄마의 손을 꼭 잡았다. 거친 손이 말해 주는 엄마의 역사에 가슴이 찡했다. 엄마의 희망이 되어야겠다는 생각이 절로 들었다.

"엄마, 정성이면 돌 위에서도 꽃을 피운다면서요? 열심히 할게요."

어려서부터 귀에 딱지가 앉도록 들은 말로 대신했다.

리수려, 평양에서 온 패션 디자이너

돌 위에 핀 꽃이 되고 싶다. 진심으로. 화려하지는 않지만, 나만의
색깔이 확실한 '들꽃' 같은 디자이너. 리수려가 꼭 될 것이다.

당당하고 멋진
무역상

"영어는 문법만 완전히 꿰면 어려울 게 없다. 기본만 충실하면 모두 가능하다!"

영어 선생님이 목청을 높인다. 집중하려 눈꺼풀을 추어올리지만 소용없다. 눈이 감겨 미칠 지경이다. 대학 가려면 영어는 선택이 아닌 필수인데 말이다.

철퍼덕.

선생님의 잔소리가 자장가처럼 아련히 들린다. 늘 그렇듯, 선생님은 수업 종이 울리면 쏜살같이 교실을 나갈 것이다. 수업 시간에 자든 말든 상관 않는다는 말이다. 그런데 웬걸 믿는 도끼에 날벼락이 떨어졌다.

"오연수! 진짜 너무하는 거 아냐? 어떻게 한 달 내내 엎드려 자냐? 밤에는 잠 안 자고 뭐 하는데? 이유라도 들어보자. 오늘은"

평소에는 무심했던 선생님이 다그치자 당황스러웠다. 난 아프다고 거짓 핑계를 댈까 하다 말았다.

"입가에 침까지 흘러 가면서 자더니 아직 잠이 덜 깼냐? 공부하기 싫어?"

"아닙니다."

"그럼 왜? 줄곧 책상에 엎드려 있는 건데? 그건 선생에 대한 예의가 아니잖아."

"…"

눈물이 날 정도로 죄송하고 미안했다. 그래서 고개만 숙인 채 폭풍이 지나길 기다렸다.

"공짜로 공부한다고 우습게 여기는 거 아냐? 너희 국민 세금으로 공부도 하고, 밥도 먹고, 기숙사에서 잠도 자는 거야. 그럼 고마운 줄 알아야지. 대학 가겠다고 마음먹었으면 이 악물고 해야 할 것 아냐? 지금 정신 차리지 않으면… 바퀴벌레 인생밖에 안 돼."

영어 선생님은 '바퀴벌레'라는 말을 강조했다. 순간, 두만강을 건너다 국경수비대에 걸려 교화소에 갇혔던 생각이 났다. 감옥이 주는 위압감보다 더 무섭고 기분 나쁜 건 바퀴벌레였다. 좁은 공간에 콩나물시루처럼 많은 죄수들. 씻지 못해 늘 퀴퀴한 냄새가 진동했다. 거기다 낡고 축축한 건물이라 바퀴벌레들이 득실거렸다. 밤이고 낮이고 가릴 것 없이 바퀴벌레가 들붙었다. 그곳을 탈출했다는 건 기적이었다. 선생님의 말씀처럼 바퀴벌레 인생이 될까 두렵다 못해 오소소 소름마저 돋았다.

'나도 국민 세금으로 공부하고 먹고 잔다는 것 잘 알아요. 고마운 줄도 알고요. 그러나 피치 못할 사정이라는 게 있습니다. 선생님은 기본, 기본을 외치는데 그 기본도 못 하면서 사는 내 삶에 대해 선생님은 아세요?'

묻고 싶었다. 아니 통곡이라도 하고 싶은 심정이었다. 그런 나를 선생님은 말없이 시위 중이라고 오해한 것 같았다. 선생님은 재킷을 벗어 책상에 던지며 언성을 높였다.

"오연수! 지금 내 말이 말 같지 않아? 나이 어린 동생들과 공부하느라 힘들겠다 싶어 봐줬더니…. 안 되겠네. 내 수업 듣기 싫으면 들어오지 않아도 좋아. 엎드려 자는 꼴 보는 것보다 나으니까."

선생님은 출석부로 강대상을 탁, 탁 치며 말했다. 가만히 듣고 있던 학생들이 웅성대기 시작했다.

"여러분도 다르지 않아. 남한에 와서 가장 힘든 게 영어 간판 읽는 거라며? 남한 사람들이 영어를 많이 써 힘들다고 늘 징징거렸지? 그런데 왜 노력하지 않는 건데? 사선을 넘던 그 힘으로 뭐든 파고들어야 하잖아. 남한 아이들은 유치원 때부터 영어도 하고 논술도 하고 피아노도 치는데…. 그들과 경쟁하며 살아야 하는 세상에 왔으면 적응해야지. 내가 지금 답답해서 하는 말이라고."

불똥이 반 전체로 퍼졌다. 난 동무들의 볼멘소리가 높아질수록 좌불안석이었다. 끝내 영어 선생님은 분을 못 이겨 인사도 받지 않은 채, 밖으로 나갔다.

당당하고 멋진 무역상

"와. 우릴 완전 거지 취급이네. 자기 돈 주는 것도 아니면서… 바퀴벌레 인생이라니. 대놓고 무시하는 선생님. 정말 왕짜증이다."

태국대사관에서 만나 줄곧 함께한 인희가 혀를 차며 말했다. 망망대해에 홀로 선 듯한 나를 지지해 주는 친구가 있다니. 고맙고 힘이 났다.

"수업 시간에 엎드려 잔 내가 잘못이지. 뭐."

"그나저나 너 다음부터 영어 시간에 안 들어올 거니?"

인희가 잔뜩 걱정스러운 표정으로 물었다.

"어차피…. 학교 다니기 힘들 것 같아. 엄마가 아파서… 아르바이트…."

인희에게 엄마 이야기를 하려다 말았다. 인희도 북에 두고 온 가족 때문에 힘든 상황인 걸 알기 때문이다. 요즘은 서로 아르바이트하느라 바빠, 깊은 이야기를 나눌 시간도 없어 더욱 안타깝다. 나는 고맙다는 말 대신 인희의 손을 잡았다. 손이 소나무 껍질처럼 거칠다. 콧등이 찡해 온다.

"연수는 교무실에 잠깐 들렀다 가라!"

담임이 종례를 하며 말했다. 끝나자마자 인사동에 가야 하는데 큰일이다.

"오연수! 영어 선생님께 얘기 들었다. 요즘 무슨 일 있니? 공부하는 게 힘드니? 무슨 일이 있는 거야?"

선생님의 말이 귀에 들어올 리 없다. 마음이 급해 연신 시계만

들여다보았다.

"예전에는 산만하지 않았는데⋯. 많이 변했네⋯. 요즘은 탈북 학생들끼리도 경쟁해야만 대학 들어가는 거 알지? 건성으로 공부하면 절대 대학 못 간다고. 네가 아무리 중국어를 잘해도 지금처럼 하면 힘들어."

영어 선생님과 똑같은 말이다. 모두 나를 위해서라는 것도 안다. 그러나 듣기 싫다.

"선생님. 제가 빨리 가 봐야 할 데가 있어서요⋯. 죄송합니다."

오줌 마려운 강아지처럼 발을 동동 구르며 말했다. 다행히 담임은 순순히 말을 끝냈다. 다행이다 싶으면서도 왠지 기분이 찜찜했다. 선생님의 눈빛에서 '포기한 학생'이라는 느낌을 받았기에.

인사동은 중국 장마당의 복사판이다. 조잡한 생필품이며, 울긋불긋 관광 상품 모두 중국에서 보던 제품들이다. 다른 게 있다면, 인사동은 다국적 사람들의 왕래가 잦다는 점이다. 인사동에서 아르바이트 자리를 구하게 된 날을 잊을 수 없다. 하나원에서 소개 화면을 볼 때부터 구경하고 싶어 나왔다 인연이 닿았다.

"어머나, 중국어를 잘하네요. 대학생이죠. 마침 중국어 잘하는 아르바이트 구하던 중인데⋯. 해 볼 생각 없어요? 얼굴도 예쁘고 몸매도 좋아서 우리 매장에 딱 맞아요. 기본 아르바이트비에, 판매량에 따라 보너스까지 주는데⋯. 어때요?"

당당하고 멋진 무역상

우연히 들른 옷가게에서 중국 손님들이 버벅거리기에 통역해 주었다. 사장은 구세주를 만난 것처럼 반겼다. 나 또한 솔깃했다. 중국에서 살아남기 위해 배운 말로 돈을 벌 수 있다니. 얼마 전 브로커를 통해 들은 고향 소식은 암담하기 그지없었다. 오랫동안 신장이 좋지 않던 아빠는 투석해야 할 지경인데, 형편상 약조차 제대로 쓰지 못하고 있다는 소식. 가장이나 다름없던 엄마마저 위암에 걸렸다는 것이다. 남동생이 학교 대신 장마당에 나가게 되었다는 말을 생각하면 등골이 시리다.

'아르바이트를 더 해서라도 돈을 벌어야겠어.'

마침 이 생각을 하며 일자리를 찾던 중이라 반가웠다. 저녁에 홍대 나가기 전까지 한 탕 더 뛰면 훨씬 더 빨리 돈을 모을 테니까.

"제가 학생이라서 네 시나 되어야 가능한데 괜찮겠어요?"

나는 주인 여자의 마음이 변하기 전에 확답을 듣고 싶었다.

"그럼, 대학생들 모두 학교 마치고 아르바이트하는 줄 알지…."

주인은 이미 자기 직원이 된 것처럼 반말을 텄다.

"전 대학생이 아니고…. 고등학생이에요."

고등학생이라는 말을 할 필요가 있나 싶지만, 이미 엎질러진 물이었다.

"전혀 고등학생 같지 않은데…. 암튼 중국어가 유창하니까 됐어. 아르바이트비는 일하는 거 봐 가며 합의해도 되겠지?"

그렇게 시작된 일이지만 만만치 않았다. 오늘도 주인 여자에게 시달릴 생각에 머리가 지끈거렸다. 아니나 다를까. 가게 안으로 들어서자마자, 주인은 기다렸다는 듯 잔소리를 퍼부었다.

"여기는 옷가게라고. 그렇게 후줄근한 차림으로 나타나면 어쩌냐고. 피부는 누렇게 떠 갖고…. 밤새 한숨도 못 잔 얼굴이네. 어서 화장하고 매장 옷 골라 입어. 최고로 화사하게! 멋지고 우아한 옷으로. 손님들이 다 종업원 옷맵시 보고 들어온다는 사실 잊지 말고…."

얼른 룸에 들어가 익숙지 않은 손길로 화장부터 했다. 주인 여자가 매장에서 가장 잘나갈 만한 옷을 들고 왔다.

"가게 문 닫을 때까지 일하는 것도 아니고 꼴랑 세 시간 일하는 이유는 뭐야? 열 시까지 가게 맡아 주면 좀 좋아. 호텔에 짐 풀고 여유롭게 옷 사러 나온 중국 고객들 잡아야 하는데…. 황금 시간대에 나가니. 원."

주인 여자는 떼쓰듯 물고 늘어졌다. 난 들은 척도 않고 긴 머리를 틀어 올린 뒤, 매장으로 나갔다. 마침 중국 관광객들이 들어섰다. 그들은 호떡집에 불난 것처럼 시끄러웠다. 그럴수록 난 차분한 목소리로 접근했다.

"어서 오세요. 우리 매장 옷은 한국 최고의 디자이너가 만든 옷이라 특별해요."

이 말이 끝나자마자 다른 중국 관광객이 들어왔다. 금박이 재킷에 치렁치렁 매단 금붙이 차림만으로도 VIP임이 틀림없다. 단체로

당당하고 멋진 무역상

들어온 뜨내기 관광객은 주인에게 맡기고, 나는 VIP에게 밀착 접근했다. 손님은 매장의 옷들을 꼼꼼히 살폈다. 나는 최대한 고급스러운 중국말을 쓰려 애썼다.

"이 옷은 대한민국 유명 디자이너 작품입니다. 옷감도 실용적이면서 고급지고요. 중국에 사 가시면 친구 분들이 모두 부러워할 겁니다. 여기 사람들에게도 인기 최고의 옷입니다."

나의 말에 VIP 고객은 어깨를 으스대며 두 벌을 샀다. 백만 원대의 옷을 척척 사는 손님이 남달라 보였다. 한마디로 기분이 묘했다.

'백만 원을 내가 천 원 쓰는 것보다 더 펑펑 쓰는구나.'

옷을 산 VIP 손님은 명품을 구한 것처럼 뿌듯한 표정이었다. 순간, 물건을 파는 액수에 따라 보너스를 준다던 주인의 말이 귓가에 맴돌았다. 기회를 놓칠 수는 없다.

"멋진 옷을 더욱 빛나게 해 주는 것은 고급 액세서리지요. 이 작품도 한국 최고 장신구 작가의 수제품입니다. 손님께는 특별히 할인해 드릴게요."

나의 유창한 중국어에 고객은 고가의 호박 브로치를 세트로 구매했다.

"너는 천부적인 소질이 있는 것 같아. 너 원래 고3 나인데 고1들과 공부한다며? 나이 먹어서 힘들게 공부하지 말고 장사해라. 남한 애들도 대학 나와 봤자 취직도 못 하고…. 월급도 쥐꼬리야. 근데, 넌 이렇게 아르바이트 뛰느라 대학이나 들어가겠어? 아예 장사하면

딱 맞을 것 같은데….”

주인 여자는 나의 사정을 안 뒤로는 아무 말이나 되는 대로 지껄였다. 왕재수다. 주인은 내가 매장 옷의 비밀을 모르는 줄 아나 보다. 충신동 공장에서 찍어 내는 옷에 디자이너 상표 비싸게 사 붙인 뒤, 손님들에게 속여 판다는 것을.

‘사장님. 전 굶어 죽어도 사장님처럼 돈 벌고 싶지 않습니다. 대학에 들어가 제대로 중국어 전공한 뒤, 정식으로 무역업을 할 거라고요.’

확 내지르고 싶지만 참았다. 아르바이트하다 보니, 세상이 보였다. 처음에는 허접스러운 옷을 비싸게 사면서 속는 줄도 모르고, 우쭐거리는 손님이 바보처럼 보였다. 그러나 ‘허세’ 값을 치르는 것이라는 생각이 들자, 무감각해졌다.

매장엔 밀물과 썰물처럼 들고나는 사람들로 붐볐다. 덕분에 쉴새 없이 바빴다. 주인 여자는 계산대에 앉아 우아하게 간식을 챙겨 먹어도 사과 한 쪽을 권하지 않았다. 물 한 모금 마시지 못한 채, 손님을 맞는 동안, 다리는 통통 부어 갔다. 배도 고프고 머리가 핑 돌지경이어도 내색은 하지 않았다.

‘중국어 실습한다 생각하자. 남들은 비싼 돈 들여서 학원 다니며 배우잖아. 난 돈도 벌고 학원비도 안 드니 일거양득.’

마음 가다듬기야말로 나를 지탱하는 힘이었다.

땅거미가 내려오자, 인사동 거리는 조명 등불로 낮처럼 환했다.

어둠이 짙을수록 나의 수심도 깊어졌다. 새벽까지 한바탕 치러야 할 일을 생각하면 몸이 녹아내릴 것만 같다.

주섬주섬 나갈 채비를 하면서도 연신 주인을 살폈다. 주인은 일부러 늑장을 부리며 말했다.

"참, 오늘 아르바이트비 나가야 하는 날이지? 종로 매장 금고에서 돈 찾아온다는 걸 깜빡했네. 조금 기다릴래? 금방 다녀올게."

"저…. 빨리 가야 하는데요."

다음 아르바이트 장소까지 가려면 시간이 빠듯하다. 지난달과 똑같이 야비한 표정으로 말한다. 속에서 분노가 치밀어 오지만, 꾹 참는다.

"그럼, 내일 줄게. 그나저나 지금이 여덟 신데 또 어딜 가? 참 수상해! 넌 뭔가 비밀이 많은 것 같아."

주인 여자는 아무렇지 않게 아르바이트비를 미루는 것도 모자라, 의심 가득한 눈초리로 내 몸을 훑어본다. 옷 파는 대로 보너스를 준다는 말도 지키지 않는다. 부당한 것을 생각하면 당장이라도 그만두고 싶다. 하지만 돈이 신분인 세상에 왔으니 참아야 한다.

이를 악문 채, 인사동 거리를 걸었다. 버스킹 하는 여행객들의 객기 어린 몸짓과 다정한 연인들의 포옹이 먼 나라의 일처럼 아득하게만 느껴졌다. 자유를 찾아 왔으나 진정 자유는 누리지 못하는 자신이 서글펐다.

인사동을 빠져나와 버스를 기다리는데, 핸드폰이 울렸다. 액정에 뜬 표시를 보니 국제전화였다. 얼마 전에 통화했는데, 또 벨이 울리자 속이 울렁거렸다. 불길한 예감이 바람처럼 스쳐 지나갔다.

"전화를 몇 번이나 했는데, 왜 감감무소식임? 여기 상황이 긴박하게 돌아가고 있어야."

브로커의 긴박한 목소리에 목이 타들어 갔다. 시끄러운 소리를 피해 다시 인사동 입구 골목까지 뛰어 들어갔다.

"집에 무슨 일이 있습까?"

"엄마가 배에 복수가 너무 많이 차서…. 큰일이라우. 할 수 없이 내 돈으로 중앙 병원에 입원까지는 시켰어야. 너도 힘든 줄 알지만…. 날래 돈 좀 보내라우. 엄마는 살리고 봐야 할 것 아님?"

"의사는 뭐라고 해요? 수술하면 나을 수 있대요? 아저씨."

"당연하지. 그런데 돈이 들어와야 수술한다니까…. 날래 조달할 수 있갔지?"

"아저씨, 엄마 목소리라도 들을 수 없습까?"

"지금 날 의심하는 거임? 내래 아픈 사람 놓고 분탕질 치는 사람 장사꾼 아니라우!"

뚜우욱-뚝.

브로커는 일방적으로 전화를 끊었다. 브로커는 내가 자신을 의심한다고 생각하는 것 같았다. 난 엄마 걱정이 되었을 뿐인데 말이다. 기분이 씁쓸했다.

당당하고 멋진 무역상

다시 버스를 타러 가는데 다리가 휘청거렸다. 어질거리고 자꾸만 눕고만 싶다. 옷가게 아르바이트비를 받아도 브로커가 요구하는 돈의 반도 안 된다. 무슨 수를 써야만 한다. 불현듯, 스쳐 가는 얼굴이 있었다.

'불나방 사장님에게 선급 부탁하면….'

이 생각이 들자 더는 머물 수 없었다. 홍대 앞을 향해 가는 버스에 앉자, 온몸이 땅으로 꺼지는 것 같았다. 요기라고는 학교 급식을 먹은 게 다였다. 가방에 있는 초코파이를 꺼내는 것조차 귀찮다. 메콩강을 건너 라오스행 배를 타는 동안, 초코파이는 비상식이자 생명의 밥이었다. 그토록 맛있게 먹던 초코파이마저도 시큰둥하다.

'얼마 전에 엄마와 통화할 때만 해도 심각한 것 같지 않았는데…. 갑자기 엄마의 상황이 나빠진 건가? 브로커는 왜 엄마와 연결을 꺼리는 거지?'

의문은 꼬리에 꼬리를 이었다. 북한을 오가며 장사하는 조선족 아저씨를 브로커로 소개받은 건, 얼마 되지 않았다. 딱친구인 인희가 돈만 주면, 브로커를 통해 북한에 있는 가족과 소통할 수 있다고 연결한 것이다. 처음에는 믿기지 않았다. 그러나 브로커를 통해 무산시에 있는 엄마와 직접 통화를 한 뒤로는, 믿을 수밖에. 기쁨은 잠시였다. 통화하고 나면 가슴에 시베리아 바람이 불어닥쳤다. 온통 우울하고 아픈 소식뿐이라, 차라리 소식을 모르고 살 때가 더 낫다는 생각이 들기도 했다. 나만 혼자 왔다는 죄책감만큼 부담도 크다.

가족과 소통하기 위한 대가도 만만치 않았다. 전화 한 통이라도 공짜는 없다. 브로커는 북에 있는 가족과 직접 통화가 된 뒤라야 돈을 요구했는데, 요즘은 다르다. 엄마가 아프다는 이유로 수시로 전화를 하고 돈 재촉이 심하다. 학교에서 책상에 엎드려 쪽잠을 자며, 두 탕씩 아르바이트를 해도 감당하기 힘든 액수일 만큼. 그래도 죽어 가는 엄마를 구해야만 한다.

버스에서 내려 불빛이 출렁이는 골목을 향해 빠르게 걷는다. 홍대 거리는 젊은이들의 신천지다. 거리를 자유롭게 유영하는 사람들을 볼 때마다, 이방인이 된 듯싶다. 나와는 전혀 다른 세계에서 사는 사람들. 그들이 부럽다기보다는 자괴감이 들 때가 많다.

생각에 잠겨 걷다 보니, 검은 철 대문에 현란하게 그려진 불나방이 날갯짓하고 있다. 바싹 긴장된다. 새벽까지 치러질 일을 생각하면 도망치고 싶다. 죽으러 가는 사람처럼 매장 안으로 들어선다.

"왜 그리 힘이 없어? 그렇게 힘든데 왜 아르바이트하냐고. 여기서 일하라니까. 진짜 이해가 안 되네. 얼굴도 곱상하고 몸매도 날렵해서 인기 짱인데⋯. 낮에는 좀 쉬었다 초저녁부터 나와 손님 맞을 준비하면 좀 좋아?"

'불나방 BAR' 사장은 40대 중반의 남자다. 손님을 끄는 데 한몫할 정도로 외모도 준수하고 성격도 원만하다. 평범한 샐러리맨 생활이 지겨워 전 재산 들여 차린 술집이란다. 그래선지 술집에 쏟는

당당하고 멋진 무역상

열정이 대단하다. 사장은 내가 북에서 왔다는 것은 알지만, 실체는 모른다. 그래서 정식 종업원으로 일하라는 말을 수시로 한다.

"저도 그럴 처지면 좋겠어요. 사장님."

사장님을 보자 브로커의 말이 떠올랐다. 그러나 선급 이야기를 꺼내기는 쉽지 않았다.

"얼른 옷 갈아입고, 저쪽 정리 좀 해. 요령껏 식사도 하고."

사장이 메인 테이블을 가리켰다. 방금 손님들이 남기고 간 쓰나미와 같은 흔적을 지워야 한다. 남은 양주는 보관을 위해 뚜껑을 잘 덮었다. 끈적거리는 테이블을 남은 소주로 닦는데, 손님들이 들이닥쳤다. 모두 교복처럼 하얀 와이셔츠에 넥타이 차림이다. 출근하듯 불나방에 들르는 팀이라 편하게 대했다.

"어서 오세요. 부장님. 좋은 자리 안내해 드릴게요."

"역시 불나방이야. 이토록 탱탱한 여직원이 있는 술집은 불나방뿐이지. 최고!"

"부장님이 요즘 젊고 싱싱한 아가씨에게 완전히 꽂혔다니까!"

술도 취하기 전에 남자들은 흥에 겨워 농담하느라 바빴다. 카운터에서 이것저것 살피던 사장은 나에게 눈을 찡긋했다. 무언의 명령이었다. 최대한 매상을 많이 끌어올리라는.

나는 중국에서도 공안의 눈을 피하느라 조선족 호프집에서 일한 적이 있다. 물론 그때는 한 푼도 돈을 받지 못했다. 숨겨 줄 뿐아니라 먹여 주고 재워 주는 것만으로도 감지덕지였다. 여섯 달쯤 지나자 라오스행 쪽배를 탈 수 있었다.

태국대사관을 거쳐 인천행 비행기를 탈 때만 해도, 내가 술집에서 일할 것이란 상상조차 못 했다. 하지만 '불나방'에서 받는 아르바이트비 외에 손님들이 주는 팁의 유혹은 물리칠 수 없다. 엄마의 수술비와 생활비를 마련할 때까지만 벌 것이다. 나의 신상이 탄로나지 않는다면.

"저희 사장님이 직수입한 고급 와인 있는데, 준비할까요. 프랑스 현지 호텔에서 일한 쉐프의 안주도 일품이고요. 오늘은 특히 싱싱한 연어로 만든 샐러드를 곁들인 메인 요리가 준비되었습니다."

부장에게 최대한 상냥한 목소리로 권했다. 남자는 끈적거리는 눈빛을 감추지 못한 채, 손짓했다. 가까이 오라는 신호다. 마지못해 메뉴판을 들고 남자 앞으로 다가갔다. 남자가 덥석 내 손을 잡았다. 얼굴이 화끈거리고 속이 메슥거렸다. 주문하기도 전에 수작이라니. 당장이라도 소리치고 싶었다. 그러나 끈질기게 쫓아다니는 사장의 시선을 무시할 수 없었다.

"단골이시니까 서비스 많이 드릴게요."

나는 사장에게 훈련받은 코스대로 대본 외듯, 멘트를 날렸다.

'선급 받으려면 참아야 해.'

속울음을 삼키며 미소 지었다. 그런 내가 모멸스럽고 구차했다.

"오늘 최고급 코스로 시킬게. 아가씨의 미모만큼 멋진 메뉴로 차려 봐…"

당당하고 멋진 무역상

부장이란 남자는 어깨에 잔뜩 힘을 주며 말했다. 회사 법인 카드로 술 마시는 주제에, 허세가 하늘을 찌른다. 완전 꼴불견이다. 속은 시커멓게 타들어 가면서 샐샐 미소 짓는 나도 만만치는 않지만. 모두 요지경이다.

주문서를 넣자, 사장의 입이 귀에 걸렸다. 기회다 싶었다. 때로는 단도직입적으로 들어가는 것이 효과적일 수도 있다.

"사장님. 저…. 선급 좀…. 아니 돈 좀 꿔 주세요. 엄마가 위급하답니다. 지금 수술하지 못하면 영영 힘드실 것 같아요…. 도와주시면 더 열심히 할게요."

사장은 귀신에게라도 홀린 듯, 하얀 눈동자를 굴리며 물었다.

"북한에서 혼자 내려왔다며? 그런데 엄마는 또 뭐야? 지금 날 시험하는 거야?"

"북한에 있는 엄마와 통화 가능합니다. 소식 주고받을 수 있어요."

사장에게 브로커와 관계된 모든 사정을 털어놓았다. 나이 속인 것과 고등학생이라는 것만 빼고. 사장은 적잖이 놀란 듯, 버벅거렸다.

"세상. 정말 놀랍네. 휴전선 너머의 가족과 통화가 가능하다니…. 근데…. 왜 네가 모든 짐을 짊어지려 해? 자유 찾아 왔으면 너라도 잘 살아야지."

사장이 진심으로 나를 위한다는 듯 연민 가득한 눈으로 말했다. 선급은 굿(Good). 그러나 어설픈 동정은 노땡큐다.

"사장님. 저도 엄마 수술만 하면 더는 안 할 거예요. 그러니…. 도 와주세요."

사장은 뭔가 골똘히 생각한 뒤 말했다.

"조건이 있어. 당장 여기 정식 출근해. 그럼 간단하잖아. 선급은 해 줄 테니."

고등학교 졸업도 해야 하고, 대학에 가 제대로 중국어 공부도 하고 싶다는 말은 할 수 없었다. 대신 최대한 사장의 마음을 움직여 보고 싶었다.

"제가 사정이 있어서 그래요. 사장님. 담달부터는 다른 아르바이 트 그만두고 다섯 시부터 나올게요."

내가 미성년자라는 것을 속이기 위해, 고향 언니 주민증을 보인 비밀을 알면, 사장은 날 당장 해고할 것이다. 조심해야 한다.

"이따 한가할 때 다시 이야기하자고."

사장은 모호하게 말을 남긴 뒤, 자리에서 일어났다. 마침 손님들 이 몰려와 다시 분주해졌다. 얼마 전에 본 웃으면서 울고 있는 '조 커'가 따로 없었다.

"와아! 불나방에 이런 보물이 숨어 있는 줄 몰랐네. 술맛 제대로 나겠어."

어디선가 한잔 걸치고 온 듯, 술 냄새를 풍기는 남자 넷이 농을 걸었다. 주방에 있던 쉐프가 얼굴을 내밀며 윙크를 보내며 뭔가 신 호를 보냈다. 쉐프가 현지에서 일급 요리사였다는 말은 사실이 아

당당하고 멋진 무역상

닌 듯싶다. 불나방에서 맛본 것 중에 특별한 것은 전혀 없었다. 요리랄 것도 없는 평범한 안주였다. 그러고 보면, 불나방에는 거짓을 안주 삼아 가짜 양주를 마시며 돈을 물 쓰듯 쓰는 손님들이 참 많다. 그들은 가면을 벗고 싶어 마시는 것 같았다.

"뭘 해? 아가씨. 주문 안 받고… 멍하니 서 있는 모습도 아주 섹시한걸… 쩝."

물주인 듯한 남자가 메뉴판을 보며 거드름을 피웠다. 왠지 매상을 확 올리면 사장이 선급을 해 줄 것 같아, 마음을 다졌다.

"저희 불나방을 찾아 주셔서 감사합니다. 최고의 서비스로 모시겠습니다."

낯간지러울 정도로 애교가 뚝뚝 떨어지는 콧소리로 주문을 유도했다. 손가락은 고가의 프랑스산 양주에 송아지 고기로 만든 샐러드가 담긴 메뉴판을 가리키며.

"최고의 미녀가 권하는 거로 시키지."

내 말이 끝나자마자 물주인 남자가 말했다. 참 쉽다. 이런 속도라면 백만 원 정도의 매상은 거뜬할 듯싶다.

주문서를 전하며, 사장의 눈치를 살폈다. 밤이 깊기 전에 결정이 나야만 했다.

"역시. 연수는 딱 이쪽이야! 너만 나타나면 매상이 쑥쑥 오르고… 불나방에 연수 얼굴 보겠다고 오는 손님이 태반이잖아. 당장 낼부터라도 전업으로 나서라고."

사장은 흥분된 얼굴로 말했다. 이때다 싶었다.

"사장님. 선급 가능하죠?"

"필요한 돈이 얼만데? 까짓것 기왕에 빌려줄 것, 화끈하게 줄게."

내가 조심스럽게 액수를 말하자, 사장은 지갑에서 오만 원짜리를 꺼내어 주었다. 뜻밖이었다. 기쁘면서도 온몸에 족쇄가 채워지는 느낌이었다. 서글프고 아팠다.

툭, 학교가 내게서 멀어져 가는 환상이 보인다. 괴롭다. 태국대사관에서부터 들은 말도 버려야 하는 걸까?

"남조선은 기회의 땅이다. 적어도 대학은 나와야 기회를 잡을 수 있다. 그렇지 않고는 사람대접 못 받는 곳이기도 하다."

사람들에게 귀에 못이 박이도록 들은 말이다. 하나원을 나와 홀로서기를 시작하면서부터 그 말이 실감 났다. 난 목숨을 구하기 위해 배운 중국어를 사람답게 사는 데 필요한 도구로 쓰고 싶었다. 내가 몸이 부서지도록 아르바이트하면서도 학교에 가는 이유다.

일찍 온 팀이 나가고, 새로운 팀이 들어오길 반복하다 보니, 어느새 자정 넘어 새벽이었다. 눈이 감기고 다리가 풀릴 정도로 피로감이 몰려왔다. 손님들이 떠난 가게는 파장을 앞둔 장마당처럼 어수선하다. 나는 테이블은 물론 바닥 청소까지 해 놓은 뒤, 불나방을 나왔다.

홍대 앞은 새벽에도 대낮처럼 사람들로 붐빈다. 길거리에 앉아

당당하고 멋진 무역상

술을 먹는 사람들도 있고, 만취 상태로 택시를 잡는 남자도 있고, 가로수 밑에서 토사를 하는 여자도 보인다. 온통 술독에 빠진 세상 같다.

맥없이 쪽방이나 다름없는 원룸을 향해 걸었다. 등에 멘 가방이 젖은 소금 가마니만큼 무겁게 느껴졌다.

'내일 인사동서 아르바이트비 받고 선급한 돈 합치면 엄마 수술 할 수 있겠지…. 넘 힘든데 낼 학교 빠질까…. 이러다 정말 고등학교 졸업장도 못 받는 거 아냐.'

이런저런 생각을 하다 보니, 산동네에 다다랐다. 화려한 서울의 뒷골목에 이토록 허름한 동네가 있다는 것이 늘 놀랍다. 난 아르바이트할 생각에 학교 기숙사는 신청하지 않았다. 월세가 저렴한 동네를 찾아 헤매다 민박형 원룸을 만났다. 서울에서는 한 몸 누일 공간을 구하는 것이 낙타가 바늘구멍만큼 들어가기 힘들다는 것을 알게 해 준 방이다.

달동네 벼랑 끝에 서 있는 원룸에 다다랐다. 불 꺼진 창이 유난히 쓸쓸해 보였다. 원룸의 불을 켜자, 제 세상인 냥, 활개 치던 바퀴벌레들이 줄행랑을 쳤다. 번쩍. 영어 선생님의 말이 생각났다. 유심히 바퀴벌레를 살폈다. 그토록 징그럽던 벌레들이 왠지 친근감이 들었다.

"도망치지 마. 나도 바퀴벌레야. 동지라고."

잠꼬대하듯 중얼거리다 세수도 못 한 채, 쓰러져 잠이 들었다.

스멀스멀. 벌레가 기어오르는 느낌에 눈을 떴다. 손톱만 한 바퀴벌레가 빛의 속도로 도망을 친다. 놀랄 새도 없이 후다닥 일어나 쪽문을 연다. 햇볕이 비집고 들어와 앉는다.

밤새 두들겨 맞은 것처럼 온몸이 뻐근하지만 더는 이불 속에 머물 수가 없다. 일어나 기지개를 켜며 시계를 본다. 이미 학교 갈 시간은 지났다.

허전한 배를 채우려 슈퍼에서 사 온 누룽지를 끓인다. 눈물 자국처럼 얼룩진 중고 냉장고를 연다. 오래전 식당에서 얻어 온 김치 냄새가 지독하다. 햇반과 통조림 깡통 한 개가 덩그러니 놓였을 뿐, 먹을 게 없다.

"다이어트 천국인 나라에서 배곯아 죽겠군."

쏩쓸한 기분으로 냉장고 문을 닫았다. 엄마가 해 주던 열무김치가 목젖이 아프도록 그리웠다. 밍밍한 누룽지 몇 숟가락을 뜬 뒤, 밖으로 나갈 채비를 했다.

인사동 옷집에 가 아르바이트비를 받은 후, 불나방 사장이 준 돈을 브로커에게 입금해야 한다. 총총걸음으로 계단을 내려왔다.

햇살 아래서 보는 인사동 거리는 또 다른 세계다. 과거와 현재가 공존하는 거리. 중국 짝퉁의 전시장인 거리를, 관광객들이 휘젓고 다니는 풍경이 매우 이색적이다.

옷집에는 주인 여자가 혼자 앉아 차를 마시고 있었다. 가게 문을 연 지 얼마 안 되어선지 싱그런 향내가 물씬 풍겼다. 여자가 좋아하는 허브 향이다.

"안녕하세요? 사장님."

내가 인사를 하자, 주인은 귀신이라도 본 듯 놀란다.

"왜 이렇게 일찍 나왔어? 학교는?"

"급한 일이 있어서…. 빠졌습니다."

"무슨 일인데?"

"사장님. 아르바이트비… 지금 주실 수 있지요? 급히 보낼 데가 있어서요."

사장의 얼굴에 갑자기 먹구름이 내려앉았다. 초조한 마음을 누르고 사장의 눈을 바라보았다.

"아침 댓바람부터 진짜 넘하네. 장사하는 집에 예의도 없이…. 무슨 급한 일이기에 이렇게 무례한 거야?"

주인 여자가 노발대발했다. 기가 죽었다. 그래도 할 말은 하고 받을 돈은 당당하게 받아야겠다는 생각이 들었다.

"북에 계신 엄마가 위급합니다. 당장 돈 보내지 않으면 우리 엄마 죽습니다. 지금 내게 돈 오기만을 손꼽아 기다리고 있습니다."

"참. 어이가 없어서…."

나는 주인 여자에게 브로커 이야기며, 엄마가 얼마나 위급한지, 간곡한 마음으로 설명했다. 그제야 주인은 깊숙이 감춰 놓은 금고에서 돈을 꺼냈다.

"다음부터 이런 식이면…. 용서 못 해."

사장은 선심 쓰듯, 돈 봉투를 건넸다. 나는 뺏길세라 봉투를 받자마자 밖으로 줄행랑쳤다. 종로통을 빠져나와 골목으로 들어가 봉투 속의 돈을 셌다. 아니나 다를까. 여전히 사장은 아르바이트비에서 일정액을 뺐다. 말없이 아르바이트를 그만둘 경우, 뺀 금액을 돌려주지 않겠다던 말이 떠올랐다. 매달 아르바이트비에서 뺀 돈은 퇴직금이라고 했으니 잃어버린 돈이다. 오늘부터는 옷집 아르바이트는 그만둘 것이므로.

나는 조용한 골목을 찾아 브로커에게 전화를 걸었다.

신호가 울리자마자 전화를 받았다.

"어찌 됐어? 지금 엄마는 죽음 바로 직전인데…."

브로커는 준비된 대본이라도 외듯, 다짜고짜 소리부터 질렀다. 간이 오그라드는 것 같았다.

"아저씨. 지금 돈 부칠게요. 일단 엄마 수술부터 시작하세요."

나의 말이 떨어지기 무섭게 브로커의 목소리는 급변했다.

"돈 마련하느라 정말 애썼네. 통장 확인과 동시에 의사에게 말할게."

입에 솜사탕을 문 것처럼 달콤한 목소리가 영 낯설었다. 순간, 뭔가 불길한 예감이 스쳤다. 엄마의 목소리를 꼭 들어야만 할 것 같았다.

"아저씨. 엄마 숨소리라도 들려주세요."

당당하고 멋진 무역상

"지금 무슨 소리 하는 것임? 엄마가 산소마스크 쓰고 있는데, 어찌 전화기를 대 줄 수 있갔니?"

브로커와의 원칙은 단순했다. 북에 있는 엄마의 목소리를 들어야만 돈을 지급하는 것. 그런데 엄마가 아프다는 말 외에는, 전혀 엄마의 목소리는 듣지 못한 것이 마음에 걸렸다.

"지금 날 의심하는 거임? 나이도 어린 동무가 그러면 못쓰지. 내가 사람 목숨 갖고 장난질할 사람으로 보였다면 섭섭한데…. 그럼 나도 모르갔음. 엄마 병원에 그냥 놔두고 철수하갔으니까니 알아서 하라우."

전화선 너머의 브로커는 길길이 날뛰는 짐승처럼 전화통에 대고 협박했다. 잠시의 침묵이 영원처럼 길게 느껴졌다. 어찌해야 할지 감을 잡을 수 없었다. 찰나였다. 브로커가 옆에 있는 의사라고 전화를 바꿔 준 것은.

"내래 김영숙 환자를 돌보는 의사요. 지금 당장 수술해야 하는데 어찌할 것임?"

투박한 함경도 남자의 목소리를 듣는 순간, 머리가 쭈뼛 섰다.

"하도 못 믿기에 내가 의사 선생님께 달려왔어야. 이제 믿간?"

브로커가 당당하면서도 힐책하듯 말했다.

"죄송함다. 그런 건 아니고요. 지금 돈 부칠게요. 엄마 수술만 잘 시켜 주시라요. 아저씨. 저 대신 엄마 옆에서 지켜봐 주세요."

더는 망설일 수가 없었다. 오직 엄마만 살리면 된다는 생각 외엔.

의사 선생님까지 통화했으니, 사기는 아닐 것이란 믿음이 생겼다.

　은행에서 돈을 부친 뒤, 짧게 문자 메시지를 남겼다.

　- 아저씨, 지금 돈 부쳤습니다. 우리 엄마 잘 부탁합니다.

　엄마 수술 끝나면 전화 주실 거지요? 기다릴게요.

　브로커에게 돈을 부치고 남은 지폐 몇 장을 들고, 근처 식당으로 들어갔다. 오늘은 하늘이 두 쪽 나도 배불리 먹고 일하러 나갈 생각이었다.

　"여기 삼겹살 2인분 주세요!"

　일생에 처음 고기 맛을 보는 사람처럼 게걸스럽게 먹었다. 상추와 깻잎에 싼 고기를 잔뜩 물고 오물거리는 나를 종업원들이 신기한 듯 바라보았다.

　시커멓게 탄 고기 한 점까지 깨끗이 먹어 치운 뒤, 식당 문을 나섰다. 다시 어제와 똑같이 되풀이되는 아르바이트 세상을 향해 발을 내디뎠다.

　돈을 부친 후, 단 한 순간도 핸드폰에서 눈을 떼지 못했다. 언제 북에서 전화가 올지 모르기 때문이다. 기적 같은 소식이 날아들 것을 기대했다. 내 속을 모르는 사장은 핸드폰을 압수하려 했다.

　"사장님. 정말 중요한 전화를 기다리고 있습니다. 일은 소홀히 하지 않겠습니다."

　　　　　　　　　　　　　　　　당당하고 멋진 무역상

죄인처럼 절절매며 사장에게 빌었다. 그러면서도 눈치껏 전화기를 살폈다. 이상하게 속이 타들어 갔다. 가슴속에 드리운 검은 그림자가 시도 때도 없이 나타나 불안을 고조시켰다.

하루가 한 달처럼 길게 느껴졌다. 기다리는 전화는 오지 않았다. 휴식 시간을 이용해 끝내 전화기를 돌렸다. 뚜뚜- 신호는 가는데 전화를 받지 않았다. 엄마의 수술이 길어지는 것 같아 더욱 불안했다.

일 년 같은 하루가 지나고, 칠 년 같은 일주일이 지나도 브로커에게서는 전화가 오지 않았다. 전화하면, 알 수 없는 멘트만 나왔다. 분명 뭔가 잘못되었다.

피가 마르는 나날이었다. 학교엔 가지 못했지만 죽어도 아르바이트는 가야 했다. 일을 마치면 원룸에 쓰러져 식물인간이 되곤 했다. 내 주위에는 바퀴벌레들만이 득시글거릴 뿐 아무도 없었다.

더는 일어날 수가 없었다. 불나방엔 빚 갚으려면 나가야 하는데. 움직일 수가 없다.

원룸에 누워 있으면 밤인지 낮인지 구분이 잘 안 된다. 시도 때도 없이 잠들기에 딱 좋은 공간이다. 잠은 잘수록 수렁처럼 깊이 빠져들었다.

또한, 잠은 사람을 용감하게 해 주는 묘약이기도 하다. 불나방의 사장이 들이닥칠까 두렵다가도, 케세라세라. 알 수 없는 배짱도 생긴다.

삼 일을 물 한 모금 못 먹고 누워만 있자, 정신마저 몽롱해졌다.
꿈인지 생시인지 분간이 안 될 정도다.

"연수야, 정신 차려. 일어나."

"엄마. 아프지 않아? 수술 잘됐어?"

읊조리듯 중얼거리지만, 엄마의 얼굴은 보이지 않았다.

"엄마…. 엄-마."

허공을 향해 손짓을 해 보지만 소용없다. 아무도 없다. 정신을 차
리려 눈을 뜬다. 갈증이 난다. 냉장고에는 물 한 병조차 없었다. 냉
장고 문을 닫자, 축축한 곳에 기생하던 새까만 바퀴벌레들이 줄행
랑치느라 정신없다. 내가 널브러져 있는 동안, 새끼를 엄청나게 깐
것 같다.

'너희는 혼자인 나보다 낫네. 너흰 대가족이잖아.'

나는 진심으로 바퀴벌레가 부러웠다. 혼자라는 사실이 뼛속까지
파고들었다. 바퀴벌레들에게 이 작은 영역마저도 빼앗기고 말 것 같
은 위기감이 들었다. 지금 무얼 하고 있단 말인가. 브로커 주머니로
사라진 돈. 엄마의 상황에 대한 답답함. 정신이 번쩍 들었다.

"죽을힘을 다해 사선을 넘었으면, 뭐든 파고들어야 할 것 아냐?"

영어 선생님이 하던 말이 떠올랐다. 망치로 한 대 세게 맞은 느낌
이었다. 벌떡 자리에서 일어났다. 두 주먹을 꼭 쥐었다.

"북에 가족을 두고 떠날 때의 각오 잊었어? 나만 잘 살려고 죽음

당당하고 멋진 무역상

의 강을 건넌 것 아니잖아. 엄마도 살리고 아빠 약값도 벌어야 하잖아. 깊은 밤 메콩강을 향해 산속을 달리던 때를 생각해 봐. 초코파이 한 개로 삼 일을 버텼던 너잖아. 이 정도로 무너질 거면, 그냥 고향에서 가족과 함께 살지. 왜 왔어. 여기까지 와서 죽을 거야? 이토록. 비참하게. 안 돼!"

영어 교사의 말은 비열했지만, 나태해진 마음을 추스르는 양약이 되었다. 절대로 선생님의 예언대로 살아서는 안 된다는 다짐과 함께.

나는 휘청거리며 거리에 나섰다. 모두가 어딘가를 향해 열심히 걸었다. 나는 하늘을 올려다보며 외쳤다.

"나 오연수는 바퀴벌레로 살지 않을 테다. 교화소 바닥에서 기어다니던 시커먼 벌레들. 축축하고 어두운 곳에 기생하며 사는 삶 절대 아니야. 난 당당하게 무역을 하며 살 거야. 멋지게!"

왠지 속이 편해진 느낌이다. 내면에서 알 수 없는 힘이 불끈 솟아올랐다.

정신없이 전철을 타고, 달린 곳은 뜻밖에도 학교였다. 아무도 반겨 주지 않는 학교지만, 울컥 눈물이 났다.

오랜만에 나타난 나를, 무심히 바라보는 동무들이 하늘만큼 사랑스러웠다. 그때였다. 영어 선생님이 수업을 들어가다 말고, 나와 눈이 마주쳤다. 나도 모르게 180도 고개 숙여 인사했다.

"선생님. 고맙습니다."

선생님은 느닷없는 나의 행동에 당황한 듯, 말을 잃었다. 내 깊은 마음을 모르니. 당연한 일이다. 다시는 수업 시간에 졸지 않을 테다. 바퀴벌레로 살 수는 없잖아!

청색 대문 집의
비밀

　대궐 같은 집 앞에 다다랐다. 여름 캠프 다녀오느라, 일주일 만인
데 왠지 낯설다. 청색 대문에 바싹 얼굴을 대고 안을 들여다본다.
안에서는 인기척이 없다. 담벼락의 푸른 넝쿨이 어지럽게 엉켜 올
라가고 있다. 조심스럽게 비밀번호를 누른다. 마법의 문처럼 스르르
문이 열린다.

　조간신문이 대문 앞에 널브러져 있다. 아줌마가 어디 갔나 혼자
중얼거리며 신문을 집는다. 정원의 붉은 칸나가 요염하게 웃고 있
다. 꽃잎에 코를 바짝 갖다 댄다. 향내가 없다. 붉은 칸나를 볼 때마
다 고향 화단에 핀 꽃 생각이 난다. 백일홍과 칸나가 어우러진 화
단에 쪼그리고 앉아, 같이 놀던 송아지 친구 얼굴을 떠올린다.

　누군가의 집요한 눈길이 느껴진다. 아니나 다를까. 할아버지가 창
가에 앉아 뚫어질 듯 날 바라보고 있다. 눈이 마주친다. 벌떡 일어
나 허둥대며 안으로 들어선다. 드르륵. 문 여는 소리가 정적을 깬다.

안으로 들어서자 노인 특유의 냄새가 온몸을 휘감는다. 하얀 융단 같은 털을 자랑하는 몰티즈가 격하게 반긴다. 할아버지만큼이나 날 기다린 것 같다.

휠체어에 정물처럼 앉아 있는 할아버지께 신문을 건넸다.

"아줌마, 어디 가셨어요?"

내 말에 할아버지는 대답도 하지 않은 채, 신문을 읽는다. 할아버지의 유일한 낙은 신문 읽기와 뉴스 보는 것이다. 그래선지 방마다 스크린이 설치되어 있고, 거실엔 대형 화면이 걸렸다. 거기에 각종 재활 운동 기구들이 널려 있어, 넓은 집이지만 복잡하고 어수선하다.

"어딜 가나 빨갱이들이 설치니… 원. 이번 선거에서 확 뽑아 버려야 할 텐데…"

'빨갱이'가 누군지는 모르지만, 할아버지에게 미운털이 박힌 사람인가 보다. 이 집 맏며느리나 딸처럼 말이다.

거실의 대형 유리 속으로 북한산이 들어와 있다. 환기를 시키기 위해 문을 연다. 손을 뻗으면 닿을 듯 가깝게 보이는 백운봉이 거대한 무덤처럼 서 있다. 창문을 열자 하루살이가 떼를 지어 방 안으로 들어온다. 할아버지가 인상을 찡그린다. 흠칫 놀라 다시 창문을 닫는다. 할아버지가 텔레비전 옆에 있는 살충제를 하루살이에게 살포한다. 즉사한다. 언젠가 맏며느리에게 돌직구를 날리던 모습과 흡사하다.

"아버님, 코로나 땜에 죽을 지경이에요. 가겟세는 비싸고… 종업원 월급은 껑충 오르고요. 한 번만 더 도와주세요. 엉뚱한 사람 주머니만 채우지 마시고… 요."

시내에서 대형 고깃집을 하는 맏며느리가 시위하듯 말했다.

"내가 니들 은행이냐? 어떻게 평생 내 주머닛돈 빼 갈 생각만 하노. 피 같은 내 돈…. 니들이 곶감 빼먹듯 다 가져갔잖아. 근데 뭐. 엉뚱한 데 돈 쓴다고? 시애비 수발 못 하면 미안한 줄이나 알지. 밥 해 주고 빨래 해 주는 아줌마한테 돈 주는 게 왜 엉뚱한 거냐? 니들보다 백배는 나은 사람이야."

살충제 뿌리듯 독설을 퍼부었다. 할아버지의 불호령에 큰며느리는 즉각 사라졌다.

"할아버지, 지금 시작할까요?"

작업복으로 갈아입자마자 물었다. 신문에서 눈을 뗀 할아버지가 날 물끄러미 바라보며 말했다.

"배 안 고프냐? 난 쳥일 굶었어. 아줌마 기다리다 배곯아 죽겠어. 너 아줌마 연락처 알지? 전화해 봐."

할아버지의 말을 듣고 보니, 굶은 아이처럼, 얼굴이 핼쑥해졌다. 몰티즈도 배가 고픈지, 식탁 의자에 앉아 턱을 받치고 있다. 눈에 보이는 사료를 강아지에게 먼저 준 뒤, 주방으로 들어갔다.

"우선 할아버지 식사부터 준비해 드릴게요."

아줌마가 음식 준비는 다 해 놓았다. 할아버지가 좋아하는 무나물이며 시래기 된장찌개에 불고기까지 냉장고 안에 있었다. 불에

청색 대문 집의 비밀

데우기만 하면 끝이라 금방 상을 차렸다. 할아버지는 어느새, 휠체어를 끌고 식탁 앞에 앉았다.

"너도 같이 먹자. 밥을 먹어야 힘이 나지. 다 먹고 살려고 하는 거 아니냐?"

북에 계신 할머니처럼 나를 살뜰히 챙겨 주는 할아버지가 참 정겹다.

"어서 너도 먹어. 혼자 먹음 맛없어. 같이 먹자."

"아줌마한테 전화부터 해 보고요."

신호는 가는데 전화를 받지 않았다. 아줌마는 정부에서 하는 직업 훈련소 경락 마사지 반에서 만났다. 난 중국 공안의 눈을 피해 숨어 지낼 때 배운 마사지를 제대로 배우고 싶었다. 자격증이 있으면 아르바이트 자리 구하기가 쉬울 것 같아서다. 연길이 고향인 아줌마는 내가 북에서 온 것을 알고는 딸처럼 대해 줬다. 마사지는 배울수록 매력이 있었다. 쉽게 아르바이트 자리를 구할 수 있다는 것도 장점이다. 거기다 어르신들을 만나다 보니, 시원하다며 칭찬해 줄 때 보람을 느낀다. 난 할아버지의 헬퍼로 일하면서 '재활 물리 치료학과'에 가기로 마음먹었다. 대학에 가려 탈북 학교도 다니는 중이다. 가슴속 꿈나무에 물 주는 재미가 제법 쏠쏠하다.

아줌마는 체력의 한계 때문에 가사 도우미를 택했다며, 나를 할아버지의 헬퍼로 소개했다. 먹고 자고 아르바이트비까지 받으며 학교에 다닐 수 있게 해 준 아줌마. 내겐 남조선에 와 가장 고마운 인연인데, 아줌마가 사라지다니. 당황스럽고 걱정도 되었다.

"전화 안 받네요. 아줌마가 무슨 말 안 했어요?"

"웬걸. 아침에 일어나 보니, 안 보이는 거야. 어제 큰며느리가 왔었는데 무슨 소리를 한 건가 원…. 답답해서… 아줌마가 진국인데 완전히 그만두는 건 아니겠지?"

할아버지는 수심이 가득한 얼굴로 물었다. 워낙 할아버지가 아줌마를 많이 의지하다 보니, 낙심이 많이 되는 것 같다.

"어여! 밥이나 먹자 입맛은 없지만 밥이 힘이니까…. 난 열일곱 살부터 동대문 포목 시장에서 장사했어. 새벽부터 밤늦게까지 뼈가 부러지도록 일했지. 그러다 사장이 되고…. 점포 늘려 가며 번 돈으로 땅에 투자했더니, 뻥튀기 되는 거야. 새로운 세상이 펼쳐진 거지. 이제 좀 편안하게 살 만하니 전신 마비가…. 그나마 돈 처들여서 이나마 건강 찾은 거지. 그다음은 밥심이여. 아줌마가 건강식으로 음식을 잘해 준 덕분이지."

할아버지는 시래깃국을 물끄러미 바라보며 말했다. 집 나간 엄마 그리워하는 꼬마 같다. 식사가 끝나자, 설거지까지 해야 하나, 투덜거리는데 할아버지가 툭, 던지듯 말했다.

"설거지 냅두고 어서 와."

나는 대충 치운 뒤, 마사지실로 갔다. 아무리 방향제를 뿌려도 퀴퀴한 냄새는 여전했다. 할아버지를 휠체어에서 조심스럽게 내려 매트에 눕혔다. 미리 준비해 놓은 뜨거운 수건이 담긴 통을 가져와 정

청색 대문 집의 비밀

성스럽게 할아버지 몸을 만졌다.

편한 자세로 누운 할아버지의 모습이 왠지 서글퍼 보였다. 뜨거운 수건으로 반복적으로 온몸을 닦아 내는 과정은 중요하다. 마비가 올 정도로 피돌기가 안 되는 분들은, 목덜미부터 풀어 주어야 한다. 양쪽 귀밑을 강약 조절을 하며, 마사지한다.

"아! 시원타…. 역시 약손은 달라."

할아버지가 흡족한 듯 옅은 미소를 짓는다. 힘이 난다. 등줄기의 혈을 잡은 뒤, 리드미컬하게 눌러 주고 문지르자 할아버지는 기절할 듯 신음을 내며 온몸을 움찔거린다. 내 손이 닿는 곳마다 뭉친 근육들이 풀리면서 효과가 나타나는 중이다. 손놀림이 반복될수록 할아버지의 딱딱한 몸이 부드러워진다. 할아버지 입에서는 연신 탄성이 터져 나온다. 그럴수록 내 등줄기에는 땀이 흥건하게 흐른다. 에어컨을 켜도 소용없다. 내 몸의 에너지를 활용해, 아픈 부분을 만지다 보면 땀범벅이다. 난 절대 경락용 기구를 사용하지 않는다. 맨손이 주는 힘이 크다는 것을 알기에.

뜨거운 물수건으로 전신을 닦아 주는 것으로 모든 작업을 마쳤다. 정리하고 내 방으로 가려는데 대문 여는 소리가 들렸다. 아줌마였다. 된서리 맞은 배춧잎처럼 초라한 얼굴로 고개를 숙였다.

"어르신, 죄송합니다. 제가…. 몸이 아파서…. 말씀도 못 드리고…. 병원 가느라…."

아줌마가 죄인처럼 할아버지 앞에 머리를 조아렸다. 시든 꽃처럼 처져 있던 할아버지의 얼굴에 화색이 돌았다. 그런데도 볼멘 목소리로 말했다.

"나 쯩일 굶었단 말여! 아프다고 말하면 내가 쉬라고 하지…. 왜 말도 없이 나가서 사람 애간장을 태우는 거여. 믿는 도끼에 발등 찍힌다더니…. 모든 걸 믿고 맡긴 거 몰러?"

할아버지가 징징거리다 화가 나는지 심한 말까지 했다. 절절매던 아줌마가 갑자기, 눈빛이 달라지며 야멸차게 말했다.

"죄송합니다. 실은…. 큰며느님이 나가라고 해서…. 이미 사람 구했다고 이번 달 월급까지 쥐여 주며…."

폭탄선언이었다. 내가 캠프 간 사이에 많은 일이 일어난 것 같았다. 할아버지의 얼굴이 하얗게 변했다.

"뭐…. 뭐라고? 감히…. 전화기 가져와!"

할아버지는 내게 버럭 소리를 질렀다. 이럴 때는 차라리 월세 내고 혼자 살 걸, 후회된다. 집 안 전체에 묘한 기류가 흘렀다. 마사지실 탁자 위에 있는 전화기를 건네자마자, 할아버지의 불벼락이 떨어졌다.

"네가 뭔데 아줌마를 그만둬라 마라야. 돈 없다고 구걸할 때는 언제고…. 아줌마 월급을 미리 줬다고? 당장 와서 사과해! 아줌마 한테…."

할아버지는 불같이 화를 낸 뒤, 자기 말만 하고 전화를 끊어 버렸다.

청색 대문 집의 비밀

"어르신, 죄송합니다. 괜히 저 땜에…. 제가 말씀드리지 말걸…. 큰며느님이 너무 강경하게 말해서…."

독기 가득한 눈빛으로 큰며느리를 이를 때와는 영 달랐다. 순한 양처럼 조심스럽게 말하는 아줌마가 왠지 낯설었다.

"됐어! 자네가 뭘 잘못했다고…. 그나저나 내 돈은 잘 굴리는 거 맞지?"

"그럼요. 어르신 걱정하지 마세요."

내가 모르는 비밀이 둘 사이에 많은 것 같았다. 내가 상관할 바는 아니지만. 암튼 어서 나만의 방으로 들어가고 싶었다.

"저는 들어가 자겠습니다. 내일부터 학원 나가야 해서요…."

캠프 후유증도 풀지 못한 채, 할아버지 마사지해 드리느라 피곤해 하품이 절로 나왔다. 새삼 돈 버는 일이 힘들다는 걸 느낀다.

"얼른 들어가. 일찍 나간다면서…."

할아버지의 어깨를 주무르던 아줌마가 긴장한 얼굴로 말했다. 맏며느리를 기다리는 것 같았다. 아마도 맏며느리는 오지 않을 것이다.

일주일 만에 책상을 정리하며 가방을 싼다. 이번 방학에는 영어와 국어 수학 단과반 수강증을 끊었다. 아르바이트하기 전에는 꿈도 못 꿨던 일이다. 할아버지의 핼퍼로 머물며 얻은 선물이다. 거대한 성에 머무는 보너스까지 받으며.

'방학 동안만이라도 남한 친구들과 같이 공부해 봐야지. 기회 되

면 친구도 사귀고…'

기대 반 염려 반이지만, 학원에 다닐 수 있다는 것만으로도 기쁘다. 진로 탐방 시간에 재활의학과에 다니는 선배의 말을 들을 기회가 있었다.

"탈북자인 우리에게 대학의 문은 넓습니다. 특혜지요. 하지만 대학에 들어가서가 문젭니다. 특히 재활의학과는 원서를 봐야 할 때가 많아요. 우리 몸의 구조나 병명 등이 모두 영어라 막막합니다. 대학 들어가서 영어 찾아 가며 수업 들으려면, 늦습니다. 미리 준비하는 것만이 학업을 중단하지 않는 길이지요. 경험자로서 간곡히 부탁하는 겁니다."

실제로 탈북 학교 선배 중에는 중도 포기한 경우가 많았다. 나는 선배의 조언을 듣는 순간 가슴이 떨렸다. 막연했던 미래를 위해 뭔가 결단이 필요한 때라는 생각이 들었다. 터닝 포인트가 된 순간이었다.

'기회는 준비된 자만이 얻을 수 있는 거잖아.'

혼자 월세 내며 살다 보면 늘 돈이 부족했다. 학교에 들어가는 돈은 없지만, 개인적으로 들어가는 생활비가 만만치 않다. 정부 보조금으로 차비도 내야 하고, 최소한의 옷값이며 생필품값 등 모든 걸 해결해야만 했다. 할아버지의 헬퍼로 들어온 이유 중의 하나이기도 하다. 먹고 자는 것이 해결되니 훨씬 부담이 덜 되었다. 무엇보다 아줌마가 해 주는 밥 먹고, 환자지만 할아버지와 함께 살 수 있

청색 대문 집의 비밀

다는 게 특권 같았다. 문제가 있다면 큰며느리와 딸이다. 아줌마와 나를 기생충처럼 대할 때마다 소름이 끼친다. 그러나 할아버지가 이 집의 왕초니까. 상관없다.

학원 가방을 싸 놓고, 화장실에 다니러 나가 보니, 아무도 없다. 할아버지와 아줌마는 주무시나 보다. 역시 큰며느리는 오지 않았다. 몰티즈만 자기 집에서 잠이 안 오는지 눈을 말똥거렸다. 언제 봐도 할아버지만큼이나 외로워 보인다. 둘 다 동정심을 발휘하게 만드는 점이 닮았다. 내가 누군가를 동정한다는 것이 어줍잖지만.

매에 맴. 맴맴.

새벽부터 온 동네가 시끄럽다. 창문을 열고 기지개를 켰다. 하얀 쌀밥을 닮은 이팝나무 꽃향내가 코를 찔렀다. 가만히 살펴보니 매미들이 떼를 지어 소리를 지르는 중이었다. 남한은 먹거리도 풍성하지만, 매미도 많다. 어릴 때, 송아지 친구들과 매미 소리만 들리면 뜰채로 잡느라 정신없었다. 아궁이에 불을 지펴 매미를 구워 먹던 기억이 솔솔 났다. 매미는 종류에 따라 맛이 각각 다르다. 흔한 쓰르라미는 먹을 게 별로 없어 인기가 없다. 참매미가 진짜다. 가을에 잡은 논 메뚜기만큼 고소하며, 겨울잠 자던 개구리처럼 쫀득한 맛이 나, 모두 침을 흘리며 먹었다.

'매미 잡아먹었다고 하면 여기선 미개인이라고 하겠지. 우리가 그토록 좋아하던 개망초 나물도 여긴 거들떠보지도 않는 걸 보면…'

새삼, 내가 고향을 떠나 멀리 와 있다는 게 실감 났다. 매미 울음 소리에 홀려, 옛 생각에 잠겨 있는데, 주방에서 두런두런 소리가 났다. 할아버지와 아줌마는 새벽잠이 없다. 늘 일찍 일어나 재활 운동을 하느라 시끌벅적이다.

"어르신, 어깨를 뒤로 더 밀어 보세요. 그래야 얼른 건강해지시죠. 아…. 잘했어요. 곧 청년처럼 회춘하시겠는걸요. 호호."

아줌마는 내가 나온 줄도 모르고, 간드러지게 웃으며 할아버지 어깨를 잡아 주었다. 그뿐만 아니라, 마비된 다리를 정성스럽게 문지르기도 했다. 오랫동안 같이 산 부부처럼 다정해 보였다. 늘 보던 풍경인데, 처음 보는 것처럼 생뚱맞아 보였다. 아줌마는 할아버지에게 절대 순종적이다. 그뿐 아니라, 할아버지에게 필요한 것은 미리 알아서 척척 챙겨 주었다. 할아버지의 얼굴에 흡족한 미소가 번지는 순간이다.

"자네 덕분이지. 내가 이나마 움직일 수 있는 건 모두…. 고마워."

할아버지는 정말 감격스러운 듯, 아줌마 손을 잡으며 말했다. 몰티즈도 그 옆에서 장단 맞춰 꼬리를 흔들었다.

"어제 죙일 굶게 해서 죄송해요. 오늘은 제가 특별 요리 해 드릴게요. 입맛 없으실 때 드시면 좋은 영양식 만들게요."

아줌마의 콧소리가 넓은 거실에 울려 퍼졌다. 냉장고에서 재료를 꺼내다 말고 나와 눈이 마주친 아줌마는 어깨를 으쓱거리며, 어색한 미소를 지었다. 거짓말하다 들킨 아이처럼.

청색 대문 집의 비밀

"저, 오늘부터 일찍 나갔다. 오후에 들어올게요. 학원…."

"잘했네. 대한민국은 대학 안 나오면 사람 취급 못 받으니까…. 어찌 그리 알아서 척척 할까. 다른 애들은 부모가 다 알아서 해 줘도 못 하는데… 아침 먹고 가."

아줌마의 칭찬에 절로 어깨가 올라갔다.

"네. 빵 먹을게요. 좀 싸 가도 되죠?"

아줌마는 고개를 끄덕인 뒤, 할아버지를 화장실에 내려놓고 주방으로 왔다. 내 얼굴을 뚫어지게 바라본 뒤, 작은 목소리로 말했다.

"방학이니까 저녁에 들어오면 마사지 좀 더 해 드리고…. 할아버지한테 아르바이트비 올려 달라고 해. 할아버지는 기분파인 데다 널 확실히 믿잖아. 요령껏 챙겨."

아줌마는 대단한 비밀이라도 전하는 것처럼 행동했다.

"이번 방학에는 학원 다니면서 공부 좀 열심히 하려고요. 아르바이트비는 이대로도 감사해요. 아줌마 덕분에…."

나는 돈보다는 실력을 키우는 것이 중요하다고 말했다.

"어휴, 나희가 돈 좀 모았나 보네. 하긴 월세 안 들어가니 돈이 모였겠네. 정부 보조금도 생활비 안 들어가니 고스란히 모였을 테고…. 돈 관리 힘들면 아줌마한테 맡겨. 은행보다 더 이자 많이 줄 테니까."

농담처럼 하는 말이, 진심인 듯싶기도 했다. 난 시간에 쫓겨 귀담아듣지 않고, 빵을 싸 들고 밖으로 나왔다.

강북에서 유명한 학원들이 밀집해 있다는 전철역에 내렸다. 탈북 학교에 가는 기분과는 완전히 달랐다. 긴장도 되지만 기대감으로 가슴이 두근거렸다. 드디어 지정된 교실 앞에 다다랐다. 문을 열고 들어서니 몇몇 학생들이 와 있다. 핸드폰을 들여다보는 학생도 있고, 열심히 문제집을 푸는 아이도 있다.

'남한 아이들과 공부도 하고, 운동도 하고, 친구도 사귀고 싶었는데… 하나원 선생님이 내 실력이 일반 학교의 진도를 따라갈 수 없다며 말리는 바람에 못 갔잖아. 여기서라도 남한 친구를 사귀면 좋겠다.'

나는 맨 뒷자리에 앉아서 생각했다. 수업 시간 바로 전에, 학생들이 우르르 몰려 들어오고, 담당 선생님도 들어왔다. 강사는 인사도 하는 둥 마는 둥 한 뒤, 진도를 나갔다. 강사의 말이 몹시 빨랐다. 무슨 말인지 도무지 이해되지 않았다. 예시문이 근현대 문학 작품 중에 나온 것이라는데, 내가 읽은 작품은 한 편도 없었다. 작가의 이름도 생소할 뿐 아니라, 문제의 의도조차도 모호했다. 한 시간이 백 년처럼 길게 느껴졌다. 다른 수강생들을 흘끔거리며 눈여겨보았다. 교재에 열심히 필기도 하고, 색색으로 줄도 긋고, 고개를 끄덕거리는 것을 보면, 대부분 알아듣는 것 같았다. 난 완전한 이방인이었다. 한숨이 절로 나왔다. 쉬는 시간에도 아이들은 전혀 남에게 관심이 없었다. 말을 붙일 엄두조차 나지 않았다. 내가 얼마나 무모한 생각으로 친구 사귈 생각을 했는지 금방 알 수 있었다.

청색 대문 집의 비밀

영어 시간은 더했다. 외국 유학까지 다녀온 선생님답게 본토 발음에, 현란한 몸짓까지, 원어민 수업 같았다. 강사의 말에 아이들이 웃음보를 터트릴 때마다, 멍하니 앉아 있는 내가 바보 같아 보였다. 소외감이 뼛속 깊이 밀려왔다.

수학은 그나마 조금 나았다. 북한에서 중학교까지 다니며, 나름으로 열심히 공부한 것 중에 수학 공식만은 이곳에서도 적용되는 것이 있었다. 그래도 복습을 안 한 탓에 문제에 손도 댈 수 없었다.

종일 과목마다 바뀌는 강사들의 개성도 뚜렷하고, 단과반이라 수업을 받는 학생들도 다양했다. 그럴 때마다 나는 시골 촌뜨기가 된 기분이었다. 과목마다 진도를 따라가고 선생님의 말씀을 이해하려면 복습만이 살길이란 생각이 들었다.

점심시간에 도시락으로 싸 온 빵을 먹으려는데 혼자였다. 대부분 나가서 사 먹는 것 같았다. 그 또한 갈등이 생겼다. 밥을 사 먹는 것은 얄팍한 주머니 사정이 허락지 않았다. 교실에 혼자 앉아 빵을 먹는 것 또한 어색했다.

혼란스럽고 벅차 정신없이 끝냈다. 수업이 끝나자마자, 아이들은 곁눈질 한번 안 주고 어딘가로 순식간에 사라졌다. 나 홀로 큰 대궐 집을 향해 가는 전철을 탔는데, 온몸에 기운이 쫙 빠졌다.

'수강증은 끊었지만 끝까지 견딜 수 있을까? 한 달 내내 무슨 말인지도 모른 채 앉아 있다 와야 하나?'

애초에 포기하고 싶은 마음이 굴뚝같았다. 그러나 이미 나와 같은 경험을 한 선배의 말을 생각하면 오기가 생겼다.

'지금이라도 내 실력을 알았으니 다행이잖아. 난 제대로 공부해본 적이 없으니…. 북한에서는 장마당에 나가 옥수수 파느라 학교에 결석한 날이 더 많았고…. 유치원 때부터 선행 학습한 여기 애들과는 경쟁이 안 되지. 열 배는 더 하자. 교재를 통째로 파헤쳐서라도 하고 말 테야.'

혼자 북 치고 장구 치다 보니, 거대한 성 앞에 다다랐다. 늘 할아버지 대문 앞에 설 때마다 숙연해지곤 한다. 남의 집을 내 집처럼 드나드는 것이 낯설기 때문이다.

습관처럼 대문 안을 들여다본다. 빨간 칸나 꽃이 시든 채 졸고 있다. 안에서 인기척이 느껴진다. 띠디딕, 비밀번호를 누른다. 마법의 문이 스르르 열린다.

"아빠, 정신 차려요. 지금 아빠는 늙은 여우한테 홀려서 물불을 못 가리는 거라고요. 중국 아줌마들한테 주머니까지 탈탈 털린 환자가 얼마나 많은지 모르죠. 순진한 척 믿게 한 뒤, 줄행랑치는 거죠. 그니까… 아빠도 조심하라고요."

할아버지의 딸 목소리가 문밖까지 들렸다. 무슨 일이 있는 걸까. 캠프 가기 전에 며느리가 와서 한 말도 심상치 않고, 딸의 말도 그렇다.

나는 조심스럽게 문을 열고 안으로 들어갔다. 휠체어에 앉아 있던 할아버지는 얼굴이 벌겋고, 아줌마는 초주검이 된 얼굴로 날 바

청색 대문 집의 비밀

라보았다. 삼십 대 중반의 딸은 나와 눈이 마주치자, 고래고래 소릴
질렀다.

"중국 아줌마도 부족해… 탈북 여자애까지 이 집에 같이 산다는
게 말이 돼요? 마사지 자격증이나 있는 애 맞아요? 아줌마하고 한
통속으로 지금 아빠 재산 노리고 진 치고 있는 거 아냐?"

아닌 밤중의 홍두깨라더니. 딸은 인권 모독적인 발언을 하고 있
다는 걸 알기나 할까. 학원에서 받은 충격 때문에 기분도 찝찝한데,
무시하는 것 같아 기분 나쁘다.

"무슨 말씀을 그렇게 하세요? 저는 정당하게 일한 값을 받을 뿐
인데요…. 할아버지가 편하게 마사지 받고 싶다고 해서 여기서 머무
는 것이고요."

"헉, 쟤 좀 봐… 사람 잡겠네…."

절절매는 아줌마와는 달리 당돌하게 대드는 내가 만만치 않다
싶었던 것 같다. 딸은 더는 말을 잇지 못했다.

"어서 가! 쓸데없는 말 하려면 여기 들락거리지 말고…. 내가 쓰
러졌을 때, 네가 나한테 한 게 뭐 있어? 니들은 내가 금방 죽기를
바랐잖아. 나 안 죽는다. 니들이야말로 한통속으로 내 통장 탐나서
자꾸 시비 거는 거 내가 모를 줄 알고? 어림없어. 내 눈에 흙이 들
어가지 않는 한…. 한 푼도 안 줄 테니 그리 알아."

결국은 재산 갖고 싸우는 것이다. 기가 막혔다. 펄펄 살아 계신
부모 앞에서 할 짓이 아니다 싶었다.

"아빠는 딸이 죽어 간다고 해도 눈 하나 까딱 안 하잖아요. 요즘 툭하면 원생들 우르르 몰려 나가서…. 유치원 적자 생긴 것 대체 좀 해 달라고 그렇게 사정해도 안 들어 주시면서…. 아줌마는 펑펑 옷 도 사 주고…. 월급도 다른 도우미들보다 배도 더 준다면서요? 거기다 탈북 애까지…. 아빠가 무슨 자선단체예요? 자식한테도 돈 좀 주세요. 백수건달 남편하고 사는 딸 가련하지도 않아요? 아빠는…."

딸이 통속 드라마의 주인공처럼 울부짖으며 대들었다. 할아버지는 아줌마와 내게 들어가라는 표시로 손짓을 하며 말했다.

"너나 네 오래비나 애비 피 빨아먹는 등에 같은 놈들이야. 내가 분명 말했지. 이 집에 들어와서 애비 수발 들어 주는 자식에게 명의 이전해 준다고…. 근데 니들 절대 못 한다며 모든 것 아줌마한테 미루고 살았잖아. 아줌마 아니면 난 이미 그때 죽었을 거다. 어서 가. 어구구! 어지러워."

할아버지는 혈압이 높아서인지 거의 졸도 직전이다. 아줌마가 따뜻한 물로 목을 적신 뒤, 목덜미를 눌러 주며 말했다.

"어르신, 고정하세요. 잘못하면 또 큰일 납니다."

"참, 별꼴이야. 아버지 애첩이나 되는 것처럼 구네. 정말 욕지거리 난다니까. 착한 척하면서 등골 빼먹는!"

딸은 야무지게 욕을 퍼부었다. 아줌마는 딸이 무슨 말을 해도 대 꾸하지 않았다. 아예 유령처럼 대했다. 맥이 빠지는지 딸은 대문을 박차고 나갔다.

청색 대문 집의 비밀

"어르신 괜찮으세요? 여기 우황청심환 좀 드세요. 고정하셔야 해요. 다시 쓰러지면 절대 일어날 수 없어요. 걱정입니다. 참말로…."

아줌마가 울먹이며 말하자, 할아버지가 아줌마의 손을 덥석 잡았다.

"자네가 그렇게 말해 주니 고맙네…. 나를 걱정해 주는 사람은 자네뿐이네…."

할아버지는 아줌마가 정말 고마운지, 손을 잡고 어찌할 줄 몰랐다.

"얼른 밥 먹고 할아버지 마사지해 드려. 오늘 낮에 큰며느리도 다녀가고…. 힘드실 거야. 네가 할아버지 피로 싸악 풀어 드려!"

할아버지 걱정을 엄청나게 한다는 것을 보여 주고 싶은 눈치였다. 나는 드러내 놓고 할아버지 비위를 맞추려는 아줌마가 왠지 낯설었다.

"힘들게 공부하고 왔는데…. 밥부터 먹어야지. 어서 씻고 밥 먹어."

역시 할아버지였다. 그 와중에도 내 걱정을 해 주는 할아버지를 보자, 학원에서 받은 스트레스가 그나마 풀렸다.

내가 간단하게 오이냉국과 김치 한 가지를 놓고 밥을 먹는데, 아줌마가 다가와 말했다. 할아버지는 먼저 마사지실에 들어가 쉬고 있었다.

"전쟁이 따로 없다. 자식들이 이 집 명의 해 달라고 저리 들락거리고…. 통장에 든 돈 뜯어 가려고 아우성치니…. 어르신이 불쌍

해…. 자식 키워 놓으면 뭐 하노."

"근데, 자식들이 왜 할아버지 살아 계시는데 명의를 이전해 달라는 거예요."

난 오래전부터 궁금했던 것을 물었다. 돌아가시면 당연히 자식들에게 가는 것 아닌가 싶은데, 최근 들어 부쩍 심한 것 같아서였다.

"글쎄다…. 뭐 어르신 돌아가시면 상속세 많이 물으니 미리 해 달라는 것 같은데…. 참 방학 동안 할아버지한테 공 좀 들여. 섭섭잖게 챙겨 주실 거야. 내가 따로 말씀도 드릴 테니까."

아줌마는 나를 무척이나 챙긴다는 듯 눈까지 찡긋하며 강조했다. 난 말 없이 뜨거운 수건을 준비해 마사지실로 갔다. 할아버지는 피곤한지 살짝 코를 골고 있었다. 주무시는 할아버지 얼굴을 가만히 내려다보았다. 하루 사이에 폭삭 늙어 보였다. 북에 두고 온 할머니 생각에 콧등이 찡했다.

"할아버지, 작업 시작해도 될까요."

내가 할아버지의 등을 문지르며 조용히 말했다.

"끄응! 온몸이 땅속으로 꺼질 것만 같아. 오늘은 대충혀. 삭신이 쑤시고 아파서 세게 받으면 몸살 날 것 같으니께."

나도 피곤하고 머리도 복잡한데 잘됐다 싶다. 뜨거운 수건으로 할아버지 얼굴부터 발끝까지 정성껏 닦아 드렸다.

"등에 새끼 같은 놈들이라구…. 날 못 잡아먹어서 달달 볶아. 무슨 수를 써야지…."

눈 감고 있던 할아버지가 잠꼬대하듯 웅얼거렸다. 노여움과 섭섭함이 가득 담긴 목소리였다. 불현듯, 어린 시절 고향에서 본 '등에' 생각이 났다.

저녁때가 되면 어디를 가나 굴뚝에서 연기가 모락모락 피어올랐다. 동네 사람들은 주로 농사를 지었지만, 형편이 나은 집에서는 소를 키웠다. 우리 아빠의 소망은 황소 한 마리라도 직접 키우는 것이었다.

"소한테 가까이 가지 마라. 등에가 옮으면 안 되니까니."

어른들은 귀에 못이 박이도록 이 말을 했다. 등에는 소 귓속이나 등허리에 찰싹 달라붙어서 피를 빨아먹고 사는 놈이다. 언젠가 동네 친구들과 당 간부네 집 외양간을 지나친 적이 있다. 모두 일을 나가고 없었다. 동무들과 나는 송아지한테 다가가서 귀와 엉덩이를 살펴보았다. 등에가 송아지의 귓가에 새카맣게 달라붙어 쉴 새 없이 꼬물거리고 있었다. 여름에 뒷간에서 보던 구더기 떼 같았다. 징그러웠다. 송아지는 등에 떼의 등쌀에 괴롭다는 듯 귀를 움찔거렸지만 소용없었다. 히이잉! 급기야 송아지가 소리를 질렀다. 하지만 등에는 아랑곳없이 귓가를 파고들었다.

"피 빨아먹는 나쁜 놈들!"

우리는 송아지 귓가를 나뭇가지로 후려쳤다. 그럴수록 등에는 더 찰싹 달라붙는 것 같았다. 어떤 아이가 등에를 손으로 떼어 내 땅바닥에다 내던졌다. 누군가 땅에 떨어진 등에를 나뭇가지로 꾹꾹 누르고 뒤집어 보기도 했다. 구더기보다 더 작은 애벌레 같은 놈이 꼬물거리며 움직였다. 등에가 피를 다 빨아먹어서 결국은 송아지가 죽고 만다는 어른들 얘기가 실감 났다. 동네에서는 등에 소탕 작전이 벌어졌다. 학교에서도 '등에 잡아 오기'를 숙제로 내주기도 했다. 쥐 잡기 운동과 함께 대대적으로 소탕 작업을 벌였던 기억이 어제의 일처럼 떠올랐다.

"할아버지, 저도 고향에서 등에를 본 적 있어요."

나는 할아버지의 기분을 풀어 드리려, 한껏 다정하게 말했다.

"참. 고향이 어디라고 했지? 들어도 까먹어…."

할아버지가 훨씬 부드러운 목소리로 물었다.

"함경북도 온성이에요. 아주 깡촌이었어요. 북한에서는 소 키우는 집은 부자예요. 당원이어야 하고…. 소가 사람보다 더 대접받기도 해요."

"여기도 그랬어. 지금이야 소값이 똥값이지만…. 예전에는 소 한 마리만 있어도 대단했지…. 그나저나 어린 나이에 경락 마사지도 다 배우고, 혼자 돈 벌어 공부도 하고, 얼마나 기특한지 몰라. 내 새끼들은 부모덕만 보려는데 말이야."

"할아버지 감사해요. 덕분에 전 대학도 재활의학과에 가려고 해요. 할아버지처럼 아픈 분들 도와 드리고 싶어서요. 통일되면 고향에 가서 우리 할머니도 제가 직접 마사지해 드리는 게 꿈이에요."

할아버지는 내 말이 끝나자마자 손을 꼭 잡으며 말했다.

청색 대문 집의 비밀

"정말 기특하구먼…. 그 마음이 갸륵해서 이번 달 아르바이트비는 두 배로 줄 테니 그리 알아. 대신 아줌마하고 여기서 오래 살아야 해."

아줌마의 말을 듣기라도 한 것일까. 고마운 마음에 할아버지의 등 경락을 하는 손길이 더욱 너울대며 춤을 췄다.

"됐구먼! 이제 가서 쉬어."

물수건 등을 챙겨 나오는데, 아줌마가 주방에서 날 불렀다.

"할아버지가 무슨 말 하지 않아?"

뭔가 궁금한 게 많아 보이는 얼굴이었다. 아줌마는 베일에 감추어진 게 많은 사람 같다. 날마다 새로워 보이니 말이다.

"아니요. 별말씀 없었어요."

"시간 좀 더 늘려 드린다는 말씀드렸어? 한 푼이라도 더 벌려면 네가 먼저 손을 내밀고 할아버지 마음을 얻어야지…."

나는 할아버지가 먼저 아르바이트비를 올려 주신다는 말도 하지 않았다. 이상하게 아줌마가 너무 돈, 돈 하는 게 부담스러웠다. 간단히 답하고 내 방으로 오려는데, 아줌마가 불쑥 던지듯 말했다.

"아줌마가 연길서 나온 사람들끼리 하는 계 시작하는데 너도 한 몫 줄까? 목돈 만들 수 있는 절호의 기회야. 이거 시작하면 천만 원 모으는 거 금방이다. 특별히 너는 좋은 번호 줄 테니까 해 봐. 아줌마가 계주거든. 은행 이자에 비할 게 아니야."

진지한 아줌마와는 달리 나는 별로 내키지 않았다. '계'라는 말도 처음 들어 보는 것이지만, 맡길 돈도 없었다.

"할아버지 돈도 아줌마가 계속 늘려 드리고 있잖아. 은행 이자의 열 배는 더 주니까 할아버지도 날 믿고 맡기는 거지. 통장에 백날 돈 넣어 봤자 이자 쥐꼬리거든…"

"그런 방법도 있네요. 제가 그런 걸 할 처지는 안 되는 것 같아요. 언제까지 아르바이트할 수 있는지도 모르겠고요."

딸이나 며느리가 날, 별로 탐탁지 않게 여길 때마다, 아르바이트를 그만두어야 하는 것 아닌가 싶을 때가 있다. 그런데 아줌마는 내가 영원히 할아버지의 헬퍼로 일할 것처럼 말하니, 헷갈린다. 난 머리가 아프다는 핑계로 얼른 방으로 들어왔다.

책상에 앉아 학원 교재를 펼쳤지만, 집중이 안 되었다. 눈으로 글자만 읽다 보니, 무슨 말인지 모르는 건, 학원이나 마찬가지였다. 그래도 포기할 수 없어 한참 앉아 버티다, 새벽녘에야 침대로 들어갔다. 밤새 누군가에게 쫓기느라 식은땀을 흘리다 일어났다.

할아버지와 아줌마는 여전히 오래 산 부부처럼 다정하게 아침 운동 중이다.

"안녕하세요? 할아버지…"

양손에 재활용 휠체어에 의지해 걷는 연습을 하는 할아버지에게 인사를 해도 못 알아들을 정도였다.

"어르신, 금방 청년처럼 걷겠습니다. 대단하세요. 박수!"

청색 대문 집의 비밀

아줌마의 콧소리가 온 집 안에 맴돌았다.

"자네 덕분에 새 삶을 얻은 것 같아."

할아버지가 감격스러운 목소리로 화답했다.

"어르신, 오늘은 저랑 같이 은행 가실 거죠. 통장에 있는 돈 몽땅 빼세요. 백날 그 돈 넣어 봤자 소용없는 줄 아시잖아요. 제가 뻥튀기해 드릴게요. 지금까지 저 믿고 투자해 보셔서 아시죠. 이번에는 판이 좀 더 커지면서, 든든해졌어요."

어젯밤에 내게 말한 '계' 이야기를 하는 것 같았다. 은행보다 더 믿을 만한 곳이 있다는 말은 처음이라 헷갈렸다. 그런데 할아버지는 전적으로 아줌마를 믿는 것 같았다. 할아버지는 아줌마를 신처럼 믿는 게 틀림없다.

"그러자고. 어서 밥 먹고 은행 가면 되지. 그나저나 자네가 나 데리고 다니려면 힘들 텐데…."

"어르신 무슨 말씀을 그리하세요. 제 일이 어르신 편히 모시는 것인데요. 문 열자마자 찾아서 제가 믿을 수 있는 곳에 잘 분배할 테니 걱정하지 마시고요. 절대 아드님이나 따님에게는 비밀입니다. 나중에 돈 많이 부풀려서 나눠 주면…. 그땐 놀라겠죠."

"내 눈에 흙이 들어갈 때까지…. 자식들 한 푼도 안 준다니까…. 부모 돈 의지하는 자식은 망조가 들게 돼 있거든. 자네만 믿어."

할아버지가 소년처럼 부끄럼까지 타며 아줌마와 장단을 맞추고 있었다.

"편히 주무셨어요? 할아버지."

내가 가까이에서 인사를 하자, 그제야 알은체를 했다.

"어서 밥 챙겨 먹고 학원 다녀와. 할아버지는 조금 더 운동하시고 식사하실 거니까…."

아줌마는 내가 방해꾼이라도 된 듯, 찬바람을 일으키며 할아버지를 재활 운동 기구가 있는 방으로 모시고 갔다.

나는 냉장고에 있는 반찬 몇 가지 꺼내어 밥을 먹으면서도 고민이 되었다.

'빵을 가져갈까? 오늘은 나가서 라면이라도 사 먹을까….'

강의 진도 따라가는 것도 버겁고, 혼자 교실에 앉아 빵 먹는 것도 그렇고, 왠지 학원에 가고 싶지 않았다. 그러나 절대 포기하면 안 된다는 생각으로 대문을 나섰다.

학원이 밀집한 골목은 무거운 가방을 둘러멘 학생들로 가득 찼다. 나도 저들과 똑같이 입시생이 된 것 같은 느낌이 들자, 살짝 용기가 생겼다.

어제와 똑같이 학생들은 투명 인간처럼 앉아 강사만 바라보았다. 자신만만한 몸짓으로 지식을 전하는 강사의 몸짓 또한 변함없다. 다행히 처음보다는 나 스스로가 모든 것에 적응이 된다는 점이다. 간간이 알아들을 수 있는 내용이 있기 때문일 것이다. 서울살이를 익히기 위한 투자라는 생각을 하면 1도 억울할 게 없다.

거대한 성 안에서의 삶은 늘 반복되었다. 할아버지와 아줌마도 그렇고 마사지를 하며 기생하는 나 또한 마찬가지다. 그렇게 뜨겁고 후텁지근한 여름을 보냈다.

　매에 맴. 맴맴.

　여름의 끝자락에 선 매미들이 피를 토하듯 노래한다. 어느덧, 단과반 수강증을 끊은 지 한 달이 지났다. 강사는 다음 달까지 이어질 진도에 대해 연일 강조하고 있다. 연장하라는 무언의 압력 때문이 아니라, 난 힘들어도 학원 강의는 계속 듣고 싶다. 내가 얼마나 부실한 학습 토대를 가졌는지 절실히 깨달았기 때문이다. 수강증도 새로 끊어야 하고, 점심도 사 먹어야 하고, 교통비도 만만치 않지만 보람차다. 사락사락 돈이 나가는 만큼 내 지식의 창고에 쌓이는 소리가 들리는 것 같기에.

　내일이 개학이라 학원 근처 문방구에서 학용품을 구한 뒤, 거대한 성 앞에 섰다.

　습관처럼 대문 안을 들여다본다. 풍성했던 화단이 폭탄 맞은 것처럼 썰렁하다. 시들고 메마른 여름 꽃의 잔재들만이 널브러져 있다. 푸르던 넝쿨도 시들시들 메말라 지저분하다. 폐가처럼 마당에도 나뭇잎 등이 제멋대로 나뒹굴고 있다. 집 안 곳곳이 사람의 손길이 전혀 느껴지지 않는다. 아줌마는 바쁜지 외출이 잦았다. 내가 할아버지 경락 마사지를 하는 동안엔 늘 어딘가를 다녀오곤 했다.

　'나라도 밥 먹고 마당 청소를 해야겠네.'

마음먹으며, 집 안으로 들어서는데, 분위기가 싸했다. 아들 내외는 물론 딸과 사위까지 모여 있어 깜짝 놀랐다. 넓은 집에 흐르는 끈적한 공기에 질식할 것만 같다. 할아버지는 휠체어에 앉아 머리를 감싼 채, 옅은 신음만 토해 냈다. 그런데 아줌마 얼굴이 보이지 않았다. 불길한 예감이 스쳐 갔다.

"너도 중국 아줌마 끄나풀 맞지?"

다짜고짜 딸이 내 멱살을 잡았다. 큰며느리도 날 죄인 다루듯 다그쳤다.

"아줌마 돈 가방 들고 중국으로 튄 거 알고 있었지? 널 여기에 남겨 둔 걸 보니 또 다른 음모가 있는 것 같은데, 경찰에 신고해."

눈앞에 별이 반짝였다. 어린 시절 동무들과 놀이처럼 잡았던 등에 새끼들이 눈앞에서 꼬물거렸다. 누군가 등에 새끼들을 마구 짓밟는 환상이 보였다. 어질거리고 토할 것만 같았다. 아줌마를 볼 때마다 목구멍에 가시가 걸린 것 같던 이유를 알 것 같았다. 배신감에 온몸이 떨렸다.

"저 아이는 잘못… 없어…. 으아 윽…. 그… 년이… 날… 속이다니…. 윽…."

쿵, 하고 거대한 성이 무너지는 소리가 들렸다. 하늘 문이 닫히는 것 같았다.

"앗, 아빠…. 지금 또 쓰러지면 어떡해…. 아줌마한테 뺏긴 돈…. 찾아야지…."

청색 대문 집의 비밀

"맞아요. 아버님. 내가 늙은 여우에게 재산 다 뺏길까 봐 그렇게 주의를 시켰는데, 결국 홀라당 다 뺏기셨으면서… 쓰러지면 어떡해요. 난 절대 아버님 못 모셔요."

딸과 며느리의 독설이 귓가에 울려 퍼졌다. 꽃나무 위에서 매미들이 그악스럽게 울어 댔다. 내 속의 또 다른 내가 소리 없이 울었다. 이 집을 떠날 때가 되었다는 생각이 들었다. 그런데 할아버지는 어떡하지?

하얀 가운 입은
천사

"쉬는 시간마다 교실 밖 복도 청소하는 것과 층마다 있는 화장실 청소 깔끔히 하면, 저녁 수업을 들어도 좋아요. 센터장님이 특별히 부탁하셔서 기회 주는 거니까 잘 해 봐요."

간호보조사 양성 학원 팀장이 말했다.

"참, 서류 중에 통장 사본이 안 들어왔던데…. 오늘이라도 제출하도록 하세요. 아르바이트비는 통장으로 입금될 거니까 그리 알고요."

"정말 제가 여기서 일도 하고 공부도 할 수 있는 건가요?"

벅찬 가슴을 누른 채, 숨을 헐떡이며 물었다. 아무것도 할 수 없을 것 같은 내게 이토록 훌륭한 아르바이트 자리가 나오다니. 딱친구인 수진도 고맙지만, 무지개 센터장님에게 엎드려 절하고 싶었다.

"통장 사본 보내라는 말 못 들었어요? 낼 일 나오면서 가져와요."

"정말 고맙습니다."

내가 머리가 땅에 닿도록 인사를 하자, 팀장이 덕담을 건넸다.

"북에서 온 학생이 험한 일도 마다않고…. 더군다나 공부까지 한다는 게 기특해서 수락했어요. 실은 나 젊었을 때 생각도 나고…. 여긴 모두 형편이 어려운 사람들이 많이 다니는 학원이거든요. 나도 어렵게 공부해 봐서 알고…. 그러니 힘내요."

대한민국은 엄마를 괴롭히는 아저씨 같은 사람만 있는 게 아니었다. 중국 공안의 눈을 피해 연길 식당에서 한 푼도 못 받고 일하던 생각을 하면, 기회의 땅 맞았다.

학원 면접을 마치고 나오며, 은행부터 들렀다. 번호표를 뽑고 순서를 기다렸다. 은행을 찾은 사람들로 북적대는 풍경이 놀랍다. 북에서는 고위층이나 당원이 아니면 은행을 드나들 일이 없는데 말이다.

엄마가 준 용돈 중 천 원으로 통장을 만들었다. 내 이름으로 된 통장을 받는 순간, 온 세상을 다 얻은 것 같았다. 가슴이 콩닥거렸다. 통장에 돈이 가득 쌓일 날을 기대하며 은행 문을 나섰다.

"내게도 통장이 생겼어요. 지금은 천 원밖에 없지만, 브로커 아저씨 빚 갚을 때까지 한 푼도 안 쓰고 모을 거예요."

지나가는 사람 아무에게나 말하고 싶었다. 하지만 입 밖으로 소리는 내지 못했다.

저녁에 일 마치고 돌아온, 엄마에게 통장을 보이자, 말을 잇지 못했다.

"기어이 아르바이트하려고? 미안해서 어쩌냐…. 엄마가 못나서…."

"엄마, 이제 미안하다는 말 하지 말라고 했죠. 공부도 할 수 있고, 돈도 벌 기회가 왔는데 잡아야지요. 엄마 딸, 뚝심을 믿어 주세요."

"아르바이트하면서 밤늦게까지 공부하려면, 건강 조심해야 해."

"걱정하지 마세요. 엄마. 지금부터 시작이니까 잘해 볼게요."

엄마와 단둘이 살게 되자, 닭장 속처럼 답답하던 좁은 집도 대궐처럼 넓게 느껴졌다.

"그 인간이 더는 찾지 못하게, 엄마도 열심히 돈 모을게."

"엄마, 빚지면서까지 날 자유의 나라로 불러 주셔서 감사해요. 나도 힘 보탤게요."

엄마에게 인사한 뒤, 내 방으로 들어와, 학원에서 준 교재를 살폈다. 우리 몸에 대한 부분도 영어로 되어 있어 두려웠다. 북한에서 제대로 공부를 하지 못해서 내게 간호보조사가 되기 위한 교재의 내용은 너무 어려웠다. 그래도 학원에서 일도 하고 공부할 수 있다는 것만으로도 의욕이 생겼다. 기뻤다. 끝까지 해 보고 싶었다.

내일부터 나갈 모든 준비를 다 했는데도 잠이 오지 않았다. 내가 태어난 땅, 북한을 떠나, 정처 없이 떠돌던 중국 생활. 기적처럼 엄마가 서울에서 보낸 브로커를 만나 죽음의 강을 건너 태국대사관까지 들어갔던 일들이 꿈만 같았다. 그곳에서 딱친구인 수진을 만나 인천행 비행기를 타게 되었다. 국정원을 거쳐, 하나원 생활을 끝내고 나서야 엄마를 만난 뒤에 일어났던 일들이 주마등처럼 스쳤다.

하얀 가운 입은 천사

한국에 도착하는 즉시 엄마를 만날 줄 알았다. 그러나 모든 조사가 끝난 뒤, 3개월간 하나원 생활을 마치는 날까지 그리움만 키울 뿐이었다. 그러나 엄마와 같은 하늘 아래 있다는 것만으로도 아주 기뻤다.

드디어 하나원 퇴소식 날이었다. 새로운 김미희로 첫발을 딛는 순간이 다가온 것이다. 두드둥. 가슴 속에서 연신 북소리가 들려왔다. 뒷산에서 까치도 요란스럽게 울어 주었다.

'내일이면 엄마와 단둘이 도란도란 살 수 있겠지. 북에서 헤어진 엄마를 남쪽 하늘 밑에서 만나다니. 꿈이 아닐까. 엄마는 어떻게 변했을까.'

엄마 만날 생각에 밥 먹는 것조차 잊었다. 침대 위에 놓은 수호천사도 내 마음을 안다는 듯 옅은 미소를 지었다.

하나원 수료식은 훈훈하면서도 감동적이었다.

많은 사람이 나서서 탈북자들의 안정된 삶을 돕겠다고 했다. 하늘 높이 오색찬란한 풍선을 날리며 새 삶을 축복해 주기도 했다. 식당 아줌마가 키우던 삽살개도 강당까지 와 쭈그리고 앉아 식을 지켜보았다.

웬일인지 식이 끝나가는 데도 엄마는 나타나지 않았다. 대기실 문밖을 내다보며 발을 동동 굴렀다. 분명 며칠 전 통화할 때만 해도 철석같이 약속했는데. 엄마에게 무슨 일이 생긴 것일까. 두만강 강가에 울려 퍼지던 국경수비대의 총소리를 들을 때처럼 불안했다.

"미희야. 아직 엄마 안 오셨어?"

엄마 손을 잡고 있던 수진이 달려와 물었다. 수진 아줌마도 걱정스러운 눈으로 나를 바라보았다. 나도 모르게 눈물이 핑, 돌았다.

"곧 오실 거야. 어서 가. 수진아. 우리 밖에 나가서도 만날 수 있을까?"

수진과 언제 또 볼지 모른다는 생각이 들자 탄광에서 사고로 돌아가신 아빠를 보낼 때처럼 아팠다.

"그럼. 우린 계속 만날 거야. 내 핸드폰이야. 엄마가 담당 직원한테 부탁해서 사셨대. 놀랍지? 내 손 전화번호야. 나중에 꼭 연락해."

나는 핸드폰이라는 말이 무슨 뜻인 줄 몰랐다. 근데 손 전화번호라며 쪽지를 건넬 때야 비로소 알았다. 수진은 수재인 데다 엄마와 같이 와서 남한살이도 빨리 적응하는 것 같아 부러웠다.

수진이 떠나고 나니 대기실은 만주 벌판처럼 썰렁했다. 창문 틈으로 들어오는 찬바람에 온몸이 얼어붙는 것 같았다. 혼자 멀뚱히 밖을 내다보고 있는데 내게 가방을 준 선생님이 다가와 어깨를 어루만져 주었다.

"엄마가 아직 안 오셨구나."

내가 고개를 끄덕이자 담당 선생님이 내게 쪽지를 건넸다.

"살다가 어려운 일 있으면 이 번호로 연락해. 대한민국은 탈북자가 힘들 때마다 법적으로 도와주는 제도가 있단다. 네가 사는 지역에 비상 연락망으로 연결되어 있어."

하얀 가운 입은 천사

나 같은 탈북자가 3만 5천 명이나 된다는데 일일이 보호해 주는 일이 가능할까, 의심스러웠다. 나는 별 기대 없이 전화번호를 받아 가방에 넣었다. 내 마음은 오직 엄마에게만 가 있었다. 고아가 된 듯 서글픈 마음으로 문밖을 내다봤다. 그때였다. 누군가 헐레벌떡 대기실을 향해 들어왔다. 나는 한눈에 엄마라는 것을 알 수 있었다.

"미희야, 많이 기다렸지. 갑자기 손님이 밀려와서…. 미안하다. 오늘만은 휴가 내고 싶었는데 도저히 그렇게 안 되었단다. 근데 너 키가 하나도 안 컸구나. 얼마나 힘들었으면…"

엄마는 나를 보자 어깨까지 들썩이며 오열했다. 한참 후, 나를 바라보는 엄마의 눈은 토끼 눈처럼 벌겋게 변해 있었다. 나는 마음과는 달리 덤덤했다. 솔직히 말해 실감이 나지 않았다. 엄마의 얼굴도 처음 보는 것처럼 낯설었다. 내가 다섯 살 때 중국에 돈 벌러 간 뒤로 엄마는 한 번도 고향에 온 적이 없었다. 간간이 할머니에게 생활비를 보내긴 했지만. 동네 사람들이 엄마가 중국에서 한족에게 팔려 갔다고 수군대기도 했다. 그런 말을 들을 때마다 나는 할머니 품에 안겨 울곤 했다.

엄마는 다행히 나처럼 키가 작지 않았다. 하지만 엄마의 얼굴은 내 기억 속의 모습과는 영 달랐다. 병마에 시달리다 돌아가신 할머니처럼 깡마른 몸매에 얼굴에는 검은 꽃이 여기저기 피어나고 있었다. 옷차림도 북에서 살 때와 별 차이가 없었다. 불길한 예감이 바람처럼 스쳐 갔다.

"우리 딸, 미안타. 어린 널 팽개치고 타지로 돌아친 날 용서…. 돈 벌어서 고향에 가려고 했는데…. 그만…. 이제라도 만났으니 다행이다."

엄마는 내 앞에 죄인처럼 고개를 조아렸다. 당황스러웠다. 엄마를 만나면 하고 싶은 말이 많을 것 같았는데, 막상 엄마 얼굴을 보니 꿀 먹은 벙어리가 되었다. 꿈속에서 엄마를 만났을 때는 조잘조잘 잘도 떠들었는데. 왜 이럴까. 지난 10년간 그토록 보고 싶던 엄만데.

"어서 집에 가자. 맛있는 것 해 놓았어. 근데…. 미희야…. 미리 말할 기회가 없어서…. 집에 가면…."

엄마는 무슨 말인가 하려다 말고 그냥 버스에 올라탔다. 나는 얼떨결에 엄마를 따라 버스를 탔지만, 이상하게 마음이 편치 않았다. 가슴 속에 품고 있던 꿈의 한 귀퉁이가 떨어져 나가는 것 같았다.

엄마와 버스에 나란히 앉았지만, 말없이 창밖을 내다보았다. 차창 밖으로 비추는 풍경이 신기루 같았다. 거리는 크고 작은 자동차로 물결을 이루고 있었다. 하늘 끝까지 닿을 듯 뾰족한 빌딩이 현기증이 날 정도로 높았다. 거리를 오가는 사람들은 모두가 바빠 보였다. 여자들의 화려한 옷차림은 어딘가 모르게 촌스러운 엄마와 비교가 되었다. 나도 모르게 엄마를 보았다. 엄마는 어느새 입가에 침이 흐르는 것도 모른 채, 잠을 자고 있었다. 몹시 피곤해 보였다. 휘황찬란한 도시의 풍경과 졸고 있는 엄마의 모습이 너무도 대조적이었다. 아무래도 엄마의 삶이 고단한 것 같다. 그래도 좋았다. 엄마와 같이

하얀 가운 입은 천사

살 수만 있다면. 나는 애써 희망의 끈을 놓지 않으려 애를 썼다.

한 시간 정도 지나자 엄마가 내 팔을 잡아끌었다. 나는 버스에서 내려 무작정 엄마 뒤를 쫓았다. 성냥갑 같은 건물들이 숲을 이루었다. 래미안, 롯데캐슬, 그린필드, 엘에이치 듣도 보도 못한 문구들이 눈에 띄었다. 간신히 깨우친 한글 실력만으로는 도저히 이해할 수 없었다. 왠지 수심에 가득한 얼굴로 엉거주춤 걷고 있는 엄마에게는 물을 수도 없었다. 어느 정도 걷자 앞서가던 엄마가 우뚝 섰다. 그러곤 내 손을 잡고 고백하듯 말했다.

"미희야. 아무래도 말을 해야겠구나! 집에 가면 어떤 아저씨가 있어. 엄마가 힘들 때 만난 사람…"

엄마가 말끝을 흐리며 내 눈치를 보았다. 배신감은 아니다. 하지만 망치로 한 대 세게 맞은 것 같았다. 엄마가 혼자가 아니었다니. 나는 엄마가 누군가와 살 수도 있다는 생각을 왜 한 번도 못 한 것일까.

엄마가 사는 집은 상상했던 것보다 훨씬 비좁았다. 손바닥만 한 방 두 개와 움츠리고 앉으면 꽉 찰 것 같은 화장실, 주방 겸 거실에 서면 숨이 막힐 것만 같았다. 천장은 왜 그리 낮은지. 머리가 닿을까 두려울 정도였다. 하나원은 남한 생활의 축소판이라고 했는데 영 딴판이라 어리둥절했다.

어쩔 수 없이 고향에서 살던 집과 비교가 되었다. 비록 낡은 너와 집에서 배는 곯고 살았지만 비좁지 않은 방과 넓은 마당은 있었다.

봄이면 뒤란의 꽤 큰 살구나무와 오야주 나무에 흐드러지게 꽃이 피곤했다. 그런데 엄마가 사는 집은 닭장처럼 비좁을 뿐 아니라, 사방이 회색 콘크리트 건물뿐이다. 북한에서 몰래 보던 남한 드라마 속에서는 궁전 같은 집이 많던데….

엄마가 준비해 놓은 밥상 역시 조촐했다. 김치와 된장찌개 처음 보는 음식 한 가지가 전부였다. 거실에 있는 작은 냉장고도 오래된 듯 손잡이에 시커먼 때가 덕지덕지 묻어 있었다.

"엄마가 시간이 없어 대충 준비했어. 이건 탕수육이라고 해. 여기 사람들이 좋아하는 음식이란다. 북에서 먹던 돼지고기 튀김에 소스만 다를 뿐 맛은 비슷해. 어서 먹어 봐."

엄마는 나를 손님처럼 대했다. 흘끔거리며 눈치를 보기도 했다. 왜 엄마는 내 눈치를 보는 걸까. 복잡한 마음으로 탕수육에 젓갈을 가져가려는데 딩동, 소리가 들렸다. 엄마는 수저를 들다 말고 허둥대며 현관문을 열었다. 거구의 남자가 문밖에 서서 나를 쏘아보았다. 갑자기 들어오는 찬바람에 오소소 소름이 돋았다.

"일찍 왔네요. 오늘 미희가 왔슴다. 미희야, 인사 드려…."

"…."

산 도둑처럼 우락부락하게 생긴 아저씨가 방 안으로 들어섰다. 그는 내게 눈길조차 주지 않고 겉옷을 벗어 던진 뒤, 화장실로 들어갔다. 쏴아, 샤워하는 소리가 좁은 방 전체를 뒤덮었다. 엄마는 초조한 눈빛으로 거실을 서성였다. 내게는 얼른 밥 먹으라는 눈짓

하얀 가운 입은 천사

을 보냈다. 나는 도저히 혼자 밥을 먹을 수 없었다. 입안에 든 밥알마저 모래알처럼 서걱거렸다. 나는 멀뚱히 방 안을 둘러보았다. 낡은 텔레비전, 옷걸이에 주렁주렁 매달린 옷 등 온 방 안에 궁색기가 돌았다. 쿵, 꿈 한 조각이 또 떨어져 나가는 소리가 들렸다. 나도 모르게 수호천사를 향해 중얼거렸다.

'뭔가 잘못되어 가는 것 같아요. 도와주세요.'

아저씨가 젖은 머리를 수건으로 털며 나왔다. 엄마는 불안한 표정으로 찌개를 데웠다.

"식사하세요. 찌개 다시 데웠어요."

샤워를 마치고 나온 아저씨 앞에 엄마는 하녀처럼 굽실거렸다. 엄마가 내 옆구리를 쿡쿡 찌르는 바람에 벌떡 일어나 인사를 했다.

"안녕하심까. 김미희임다…."

아저씨는 나를 무시하듯 아무런 반응이 없었다. 침묵이 흘렀다. 침 넘어가는 소리마저 들리는 것 같았다. 급기야 삼키려던 탕수육 조각이 목에 걸려 캑캑거렸다. 엄마는 내게 물을 건네면서도 눈길은 여전히 아저씨에게 꽂혀 있었다.

"탈북 모녀가 상봉하셨군. 눈물겹구면. 술 가져와! ××년아."

아저씨는 험한 말을 농담처럼 쉽게 했다. 내 머릿속이 텅 빈 것 같았다. 엄마는 벌떡 일어나 냉장고에서 파란 병을 꺼내 왔다. 아저씨는 술을 병째 벌컥벌컥 들이켰다. 얼굴이 불콰해진 아저씨가 나를 바라보며 말했다.

"탈북해서 대한민국에 오면 새 세상일 줄 알겠구만. 지 엄마 빚쟁이인 줄 모르고. 쯧쯧."

나를 벌레 보듯 쳐다보며 하는 말에 온몸이 떨렸다. 이 숨 막히는 상황에서 벗어나고 싶었다. 나도 모르게 주머니 속의 수호천사를 꽉 잡았다.

"주무세요. 피곤하실 텐데…."

"에잇, 재수 없어. 이 좁아터진 데서 복닥거리며 살 생각을 하면 복장이 터진다고. 내가 나갈 테니 돈 내놔. ××년아."

"내일 이야기해요."

엄마가 사정하며 달래고 나서야 아저씨는 침대에 고꾸라졌다. 금세 드르렁거리며 코를 골았다. 코끼리만 한 몸이 누우니 작은 침대가 부서질 것처럼 위태로워 보였다. 아저씨가 잠들고 나자, 엄마는 나를 작은 방으로 안내했다.

"놀랐지? 미안하다."

"아저씨…. 나 때문에 불편하신 겁까?"

실은 아저씨가 누구냐고 묻고 싶었다. 그러나 왠지 엄마에게 단도직입적으로 물어서는 안 될 것 같았다. 엄마의 슬픈 눈을 보니 그랬다.

"아냐. 술 취해서 그래. 엄마가 조만간 조처할게. 네가 조금만 참아 줘. 미희야. 응?"

엄마가 내 손을 잡으며 애원했다. 쨍그랑. 가슴속에서 꿈 항아리

하얀 가운 입은 천사

가 깨지는 소리가 또 들려왔다. 밤새 나는 수호천사에게 '도와주세요'를 외치다 까무룩 잠이 들었다.

엄마의 닭장 속은 하루도 조용할 날이 없었다. 밤마다 헐크로 변하는 아저씨는 사람이길 포기한 사람 같았다. 그는 엄마만 보면 독안에 든 쥐처럼 닦달하고 괴롭혔다.

"가시나 힘들게 데려왔으면 일을 시키든지 해서 돈을 벌게 해야할 것 아냐? 하긴 저렇게 콩만 한 계집아이를 어디에 써먹을까 싶지만. 제날짜에 내 돈 못 갚으면 복리로 이자 주기로 한 것 알지? 어서 내 돈 갚으라구. 나도 탈북자라면 지긋지긋한 사람이니까."

아저씨는 술만 취하면 엄마에게 돈을 내놓으라고 했다. 엄마는 왜 빚을 진 걸까. 밤마다 아저씨에게 괴롭힘을 당하면서도 절절매는 엄마를 이해할 수가 없었다. 새벽에 일 나갔다 녹초가 되어 돌아온 엄마는 밤이면 아저씨의 욕사발을 듣느라, 나와 이야기할 시간이 없었다. 그래서 더욱 답답했다.

전쟁 같은 나날을 견디다 보니 어느새 6개월이 지났다.

나는 낮이면 살살 돌아다니며 내가 설 자리를 찾아보았다. 동사무소 탈북자 담당 직원을 만나 상담도 해 보고, 탈북지원센터에도 나가 보지만 마땅치가 않았다. 무엇을 해야 할지 앞날이 캄캄했다. 북에서 중학교 다니다 만 실력으로는 더더욱 힘들었다. 나는 앞뒤가 꽉 막힌 동굴 안에 갇힌 새가 되어 혼자 끙끙 앓았다. 할머니가 만들어 준 수호천사가 그나마 위로가 되었다.

"자, 받아. 진작 마련해 주려 했는데. 이제야…. 여긴 개인 전화 없이는 살 수가 없단다. 엄마도 네가 낮에 뭘 하고 있는지 궁금하고. 아저씨 보는 데서는 쓰지 마라. 보면 또 난리가 날 테니까. 미안하다. 미희야."

엄마가 일을 나가며 분홍케이스에 든 전화기를 주며 말했다. 엄마는 여전히 내게 미안하다고 했다. 엄마에게 미안하다는 말보다는 웃는 엄마의 모습을 보고 싶다.

엄마는 대형 고깃집에서 설거지하고 있다. 중국에서도 식당에서 일한 엄마는 대물림하듯 여기서도 손에 물 마를 날이 없다. 그런데도 엄마는 늘 돈 걱정이었다. 정부에서 나오는 보조금만으로는 아파트 관리비 내고 나면 남는 게 없다는 말을 달고 살았다. 북에서 장마당에 내다 팔 물건을 찾을 때처럼.

"내 앞으로 나오는 보조금도 있잖습까. 엄마 그렇게 힘들게 일만 하려고 여기 왔습까."

어느 날은 나도 모르게 따져 물었다.

"네 앞으로 나오는 돈은 아저씨…."

엄마가 무슨 말인가 하려다 말았다. 엄마는 이상하게 비밀이 많은 것 같았다. 그럴 때마다 나는 맥이 빠졌다.

엄마가 나간 뒤, 핸드폰을 물끄러미 들여다보았다. 서울에 단 한 사람도 전화를 걸 데가 없다는 사실에 억이 막혔다. 설명서를 보며

하얀 가운 입은 천사

전화기를 살피는데, 불현듯 떠오르는 얼굴이 있다. 나는 벌떡 일어나 하나원에서 준 가방을 뒤졌다. 오랫동안 기다렸다는 듯 검은 글씨가 나를 물끄러미 바라보았다. 마음이 급해졌다.

뛰르륵, 뛰르륵.

한참 신호가 울린 뒤 전화를 받는 소리가 들렸다. 후당당, 가슴 뛰는 소리가 들렸다.

"수진아? 나. 미희야."

"어머나. 미희야. 얼마나 소식 기다렸다고. 난 네 전화번호를 알 길이 없잖아. 보고 싶어."

나도 수진이 너무 보고 싶었다. 아니 이 동굴 속을 탈출하고 싶었다.

"어딘데? 널 만나려면 어떻게 해야 해?"

"미희야. 나 지금 학교 다니고 있어. 만나서 이야기하자. 너 지금 사는 동네가 어디니?"

"방화동이야."

"음…. 잠시만…. 검색해 보니 거기서 내가 일하는 곳까지 오는 버스가 있네. 456 다시 2번 타."

"456 다시 2번 타라구?"

나는 두 번이나 확인을 한 뒤, 전화를 끊었다. 아. 드디어 탈출이다. 나는 아파트 문을 잠그고 버스 정류장을 향해 달렸다. 초여름인데도 한여름처럼 덥다. 이마의 땀을 닦으며 들뜬 마음으로 버스를 기다렸다.

　이상하게 버스가 오지 않았다. 456번은 지나가는데 '다시 2'번은 도대체 오지 않았다. 할 수 없이 456번 버스를 탔다. 이 버스를 타고 어딘가에서 '다시' 버스를 타면 수진을 만날 수 있을 것 같았다. 도시를 순례하는 것 같았다. 어디쯤에서 내려야 하는지 막막했다. 근데 '다시'가 뭐지? 갑자기 머리가 아팠다. 누군가에게 '다시'가 뭐냐고 물으려다 말고 무작정 버스에서 내렸다. 그러다 보니 시간이 꽤 지났다.

　뛰르륵, 뛰르륵.

　전화 소리에 퍼뜩 놀라 전화를 받았다.

　"왜 아직도 안 와? 나 수업 마치고 기다리는데."

　"수진아. 실은 '다시'가 무슨 말인지 모르겠어. 아무리 기다려도 456 다시 2번이 안 와서…."

　"아하…. '다시'라는 말을 몰랐구나 하긴 북에서는 그런 말 안 쓰니까. 나도 처음에는 헷갈렸는데 깜빡했다. '다시'는 456번에 옆으로 살짝 금을 그은 거야. 음… 설명하기 어렵네. 안 되겠다. 내가 지금 너 있는 곳으로 갈게. 건너서 네가 타고 온 버스를 다시 타. 한 시간 내에 갈 거야. 너희 동네 찻집에서 기다려."

　어안이 벙벙했다. 수진이 하는 말의 뜻을 도저히 알 수 없었다. 근데 수진은 '다시'의 뜻을 어떻게 안 걸까. 나는 수진이 알려 준 대로 길을 건너 456번을 타고 집 앞까지 왔다.

　　　　　　　　　　　　　　　하얀 가운 입은 천사

간판들을 유심히 살피며 찻집을 찾았다. 영어로 된 간판은 읽을 수가 없었다. 거리의 현란한 간판을 볼 때마다 이방인이 된 듯 불안했다.

'나는 이 땅에 뿌리내리려면 아직 멀었구나!'

한숨을 내쉬고 있는데, 한글로 '커피'라고 쓴 간판이 보였다. 반가운 마음으로 찻집 안으로 들어섰다. 감성적인 음악과 어두침침한 실내 분위기가 영 낯설지만 최대한 침착하려 애쓴다. 창가에 자리를 잡고 앉아 주위를 살핀다. 왠지 사람들이 모두 나만 쳐다보는 것 같아 창밖을 내다보았다. 잠시 후, 여배우처럼 생긴 아가씨가 내게 차림표를 건넨 뒤, 살짝 미소를 지었다. 날씬한 몸매에 웃는 모습도 예뻤다. 은근히 내 옷차림에 신경이 쓰였다. 늦은 밤, 녹초가 되어 들어온 엄마가 건네준 청바지와 스웨터가 유난히 촌스럽게 느껴졌다.

자꾸만 문 쪽을 살피지만 수진은 오지 않았다. 무료함을 달래기 위해 차림표를 살펴보았다.

Americano coffee

Cappuccino

Orange juice

Strawberry milk

Tomato juice

무슨 말인지 도저히 알 수가 없었다. 하릴없이 물을 마시고 있는데, 수진이 달빛처럼 환한 얼굴로 들어섰다. 반가운 마음에 수진을 꼭 껴안았다.

"반갑다. 그동안 얼굴이 상했네. 많이 힘들어? 엄마는 만났지?"

수진은 마치 길 잃은 동생 대하듯 내 걱정부터 했다. 수진은 모든 것을 다 가진 듯 행복해 보였다.

"일단 차부터 마시자."

수진은 차림표를 쭉 살펴보더니 내게 물었다.

"너 아메리카노 커피 마실래? 아님 딸기우유 먹을래? 나는 오렌지 주스 마실게."

북한에서 온 아이 같지 않게 능숙한 수진이 부러웠다.

"넌, 이 차림표에 나오는 영어 다 읽을 줄 알아? 대단하다."

"아. 영어? 너도 배우면 돼. 네가 '다시'를 모르는 건 당연해. 이따가 내가 버스 정류장에 나가서 가르쳐 줄게."

분명 나와 같은 고향에서 자란 딱친구라는 사실이 믿어지지 않았다. 딸기우유와 오렌지 주스를 시킨 뒤, 수진은 열변을 토했다.

"미희야, 왜 그렇게 낯빛이 안 좋아? 무슨 일 있니?"

그동안 엄마를 만나면서 일어난 기막힌 일을 말하다 보니, 눈물이 났다.

"울지 마. 브로커에게 빚지고 시달리는 사람들 많아."

"너는 엄마와 같이 살면서 공부도 하고 좋겠다. 난 엄마와 살아도 살얼음판을 걷는 것 같아. 브로커 빚부터 갚는 게 우선인 것 같

하얀 가운 입은 천사

아… 무슨 수로 돈을 벌지?"

수진은 울먹이는 내게 손수건을 전한 뒤, 핸드폰을 한참이나 들여다보았다. 갑자기 딴청을 떠는 것 같아 섭섭한 마음이 드는 순간, 수진이 어딘가로 전화를 걸었다.

"센터장님. 저의 딱친구가 힘든 상황인데… 상담 한번 해 주실 수 있습니까? 아… 네… 고맙습니다. 지금 가겠습니다."

"탈북자에게 일자리도 만들어 주고, 학교도 연결해 주는 곳이야. 우리 엄마도 센터에서 소개해 줘서 일하고 있어. 내가 다니는 탈북학교도 센터장님이 연결해 준 거고. 네 사정 듣고 보니, 일단 아르바이트부터 해야 할 것 같네."

수진은 전화를 끊은 뒤, 설명해 줬다. 그러곤 다짜고짜 나를 끌고 '탈북지원자 센터'라는 곳으로 데려갔다. 센터장은 나이가 꽤 지긋한 분이었다. 수진은 센터장을 보자, 친척 아저씨를 만난 것처럼 친근하게 대했다. 그 또한 부러웠다.

수진은 나보다 더 적극적으로 내 사정을 말하며 도움을 청했다.

"사정을 들어 보니… 힘들었겠어요. 미희 양."

"무슨 일이든 하고 싶어요. 그래서 엄마가 진 빚 갚고 싶어요. 나를 데려오기 위해서 빌린 돈이라니까요."

센터장님의 친절한 말에 울컥, 목젖이 아팠다.

"간호보조사 양성 학원인데… 일도 하고 공부도 할 수 있는 자리가 있긴 해요. 근데 청소하는 일도 괜찮겠어요?"

센터장이 은빛 머리를 추어올리며 말했다. 무조건 믿음직스러웠다. 나는 뭔가 희망이 보이는 것 같아 가슴이 뛰었다.

"고맙습니다. 청소 잘할 수 있습니다."

내일까지 준비해 올 서류 목록을 들고 밖으로 나와 하늘을 올려다보았다.

남조선에 와 처음으로 느끼는 희망의 바람이 콧속 깊이 스며들었다. 나도 모르게 수진의 손을 잡았다.

"고마워. 진짜… 지푸라기라도 잡고 싶은 심정이었는데…."

"힘들지만 일하면서 공부해 봐. 나중에 기회 되면 내가 다니는 학교도 같이 다니자."

"진짜야? 나도 들어갈 수 있어?"

"물론이지. 탈북 아이들이 일반 학교에 가면 적응하기 힘들잖아. 그래서 정부보조금 받아서 개인이 세운 학곤데 정말 괜찮아."

"나도 다니고 싶다. 하지만 지금은 돈이 우선이야. 빚 갚아야 해."

"미희야. 우리 악어 떼가 득실거리는 메콩강 건널 때 생각하면… 두려울 게 없지. 넌 잘 해낼 거야."

수진이야말로 수호천사 같았다. 나는 몰래 팔을 꼬집어 보았다. 꿈은 아니었다.

엄마의 닭장 속으로 가는 길목을 연신 두리번거리며 걸었다. 다닥다닥 붙은 건물마다 각기 다른 간판을 세어 보았다. 저 많은 간

하얀 가운 입은 천사

판 속에서 사람들이 돈을 벌어 생계를 유지한다는 것이 놀랍다. 공동 분배 체제인 북에서는 생각조차 못했던 일이기 때문이다.

열쇠로 아파트 문을 열자, 아저씨가 앉아 있다. 철렁, 가슴에서 첫소리가 났다. 나는 신발을 벗지도 못하고 멍하니 서 있었다. 그는 텔레비전을 켜 놓은 채, 술을 마시고 있다. 지뢰밭을 피하듯 조심스럽게 내 방으로 들어가려는데, 아저씨가 버럭 소리를 질렀다.

"잘한다. 살쾡이처럼 슬슬 눈치나 보며 도망치고. 너 같은 싸가지 때문에 탈북자는 도와주지 말라는 거야. 너 내가 돈 꿔 주지 않았으면 여기 못 왔다는 사실 몰라?"

나는 아저씨가 하는 말을 그냥 술주정이려니 했다. 그러면서도 뭔가 이상했다.

'아저씨한테 빌린 돈으로 나를 데려온 거였어!'

아저씨는 이미 술기운이 머리끝까지 오른 것 같다. 술 취한 아저씨와 단 둘이 한 공간에 있는 게 두렵고 떨렸다. 당장이라도 뛰쳐나가고 싶지만 엄마에게 해코지를 할까 두려워 그럴 수도 없었다.

도대체 엄마는 언제 오는 걸까. 벼랑 끝에 매달린 심정으로 설거지해 놓은 그릇을 다시 세제를 풀어 씻었다. 엄마가 빨리 왔으면 싶으면서도 좀 더 늦게 왔으면 싶기도 하다. 아저씨가 잠든 뒤 오면, 폭탄세례는 면할 테니까.

그때였다. 딩동. 벨소리가 들린 것은. 나는 문을 열어 주며 눈을 찡긋했다. 무사히 이 밤을 넘기자는 신호였다.

"오늘 일당 많이 받았능겨? 나 니들 화상 보기 싫거든. 사람들이 탈북자는 도와주지 말라고 할 때 들었어야 하는 건데. 내 돈 언제 갚을 거야. 이 ××년아."

아저씨가 다짜고짜 엄마에게 소주병을 던지며 악다구니를 해댔다. 옷도 못 갈아입은 엄마가 사시나무 떨듯 떨고 서 있다. 아저씨는 두려워 떨고 있는 엄마를 보며 코웃음을 쳤다. 술병이 깨지면서 역한 알코올 냄새가 진동했다. 엄마의 이마에 벌건 피가 흐르기 시작했다. 붉은 피를 보자 속에서 끓어오르는 분노를 참을 수 없었다.

"아저씨 너무하는 것 아닙까? 엄마가 아저씨한테 뭘 그리 잘못했다고 그러심까. 그리구 엄마, 왜 날 데려왔슴까. 돈 없으면 그냥 고향에 놔두지…. 밤마다 공포에 떨며 사느니 차라리 배곯아 죽는 게 날 뻔했슴다."

나는 엄마와 아저씨를 번갈아 보며 소리쳤다. 사선을 넘던 심정으로 목청을 높였다. 주머니 속의 인형을 으스러지도록 만지며.

"이 콩알만 한 계집애가! 손맛을 봐야 정신을 차리겠구먼. 이 싸가지가 감히 바락바락 대들어?"

갑자기 양 볼에서 불꽃이 튀었다. 그가 씩씩거리며 나의 따귀를 사정없이 후려쳤다. 그는 사람이 아닌 짐승이었다. 엄마의 눈동자가 심하게 흔들렸다. 엄마는 실성한 듯 휘청거리며 아저씨의 등을 후려쳤다.

"내가 갚는다고 했잖아요. 지금까지 내 딸 앞으로 나오는 지원금도 꼬박꼬박 챙겼구. 그런데 이젠 내 딸한테 손찌검까지… 빠른 시일 내에 갚을 테니 당장 나가요. 이 거머리 같은…."

지금까지 하녀처럼 굽실거리던 엄마가 아니었다. 단단히 화가 난 것 같았다. 독 오른 뱀처럼 엄마를 노려보는 아저씨 또한 심상치 않았다. 급기야 엄마의 머리채를 잡아끌어 패대기를 친 뒤, 이불 빨래하듯 짓밟았다. 나는 이빨이 맞부딪칠 정도로 떨렸다. 누군가의 도움이 필요했다. 경찰서에 연락을 취하려는 순간, 퍼뜩 하나원 선생님이 하던 말이 떠올랐다.

"대한민국은 탈북자를 위해 언제든 도와줄 제도가 마련되어 있단다."

나는 얼른 내 방으로 와 가방에 넣어 둔 쪽지를 찾았다.

"선생님. 전 18기 함미희입다. 지금 우리 엄마가 죽을 것 같슴다. 도와주십쇼."

"미희가 사는 곳이 어디지?"

"강서구 방화동임다."

"알았어. 지금 당장 그쪽 경찰서에 연락할게. 형사 곧 도착할 거니까 기다려."

전화를 끊자 아저씨는 날 잡아먹을 듯 으르렁거렸다. 방바닥은 쏟아진 술과 깨진 유리 조각으로 발 디딜 틈이 없었다. 나는 주머니 속의 수호천사에게 피를 토하듯 외쳤다.

'제발…'

놀랍게도 연락한 지 채 30분도 안 되어 형사 두 명이 들이닥쳤다. 아저씨는 형사 앞에서도 길길이 날뛰었다. 형사가 두 눈을 부라리며 그를 진압했다. 형사는 엄마에게 정중하게 말했다.

"요즘 탈북자들 등쳐먹는 족속들 있다는 건 알았지만 우리 구역에서 이런 일이 있을 줄은 몰랐습니다. 조사해 봐야겠지만 앞으로는 절대 접근 못하도록 조치할 테니 그리 아세요. 따님이 하나원 선생님한테 즉각 연락한 건 잘한 겁니다."

형사들에 이끌려 가는 헐크의 뒷모습을 보며 나는 혼자 중얼거렸다.

"다시는 우리 앞에 나타나지 마! 제발."

내가 아수라장이 된 방 안을 치우는 것을 보면서도, 엄마는 넋을 놓고 앉아만 있었다. 아직도 엄마의 이마에는 간헐적으로 피가 흐르고 있다. 나는 휴지로 붉은 피를 닦아 주었다. 내가 온 후로 엄마의 몸이 더 왜소해진 것 같아 가슴이 짠하다.

"미희야. 엄마는 널 힘들게만 하는구나. 미안해. 정말…."

"엄마. 이제 미안하다는 말 그만 듣고 싶습다…. 근데 저… 엄마에게 할 말이 있습다."

비로소 엄마와 단 둘이 있게 되자 나는 그동안 꾹 참았던 말을 하기로 맘먹었다.

"나도 일할게. 오늘 낮에 상담도 받았어요. 얼른 빚 갚고 자유롭게 살아요. 엄마."

하얀 가운 입은 천사

"미희야. 면목 없다. 잘못 살아온 엄마 땜에… 네가 고생이라는 거. 중국에서 번 돈은 한족 영감에게 다 뺏기고. 조금 남은 돈은 인천행 비행기 타느라 브로커에게 다 주고 나니 빈털터리였어. 할머니 돌아가시고 너 혼자 있다는 말을 듣고는 늘 바늘방석이었어. 그래서 무리수를 둔 거지. 아저씨가 돈을 꿔 준 덕에 네가 여기까지 오게 되었지만…. 그가 고리대금업자인 줄은 정말 몰랐어. 너에게 못 볼 꼴을 너무 많이 보여 줬다."

"그렇다고 어떻게 엄마 집까지 들어와서 살 수 있습까?"

"탈북자들 중에 브로커비 대느라 진 빚 때문에 엄마처럼 당하는 사람 많아. 근데 이제 엄마도 당당하게 맞설 거야. 네가 힘들어 하는 모습 더는 볼 수가 없어."

"돈, 돈, 돈 때문에 엄마 인생이 엉망이잖아. 죄송해요. 엄마."

"아냐. 넌 일단 공부부터 해. 뼈가 부서지는 한이 있어도 엄마가 빚 갚을게. 널 나처럼 살게 할 수는 없어. 빚을 내서라도 널 데려온 건, 널 여기서 공부시키고 싶어서였어. 미희야."

"엄마, 오늘 만난 센터장님이 돈도 벌고 공부도 할 수 있는 곳 연결해 주신다고 했어요. 간호보조사 학원인데 나만 열심히 하면 정식으로 대학 간호학과도 갈 수 있대요…."

"정말 그런 곳이 있다니? 미안타. 그리고 고맙다. 네가 하얀 간호사 가운을 입은 걸 상상만 해도… 넘 좋다. 꼭 그런 날이 왔으면 좋겠다."

"나도 희망이 생겨서 넘 좋아요. 간호보조사 일부터 차근차근 배우다 보면, 간호사도 될 수 있을 것 같아요. 열심히 일하면서 차차 길을 찾으면 될 것 같아요."

모처럼 엄마와 많은 이야기를 나누느라 밤을 하얗게 새웠다. 새벽녘에야 까무룩 잠이 들다 말고 깨었지만 전혀 피곤치 않았다.

하얀 가운을 입은 내 모습을 상상하는 것만으로도 힘이 났다.

하얀 가운 입은 천사

통일 밥상 쉐프

"완전 풀밭이네. 고기 없으면 소시지라도 있어야 할 거 아냐. 칫."

하늘이가 젓가락을 든 채, 반찬 투정이다. 끼니마다 엄마를 괴롭히는 하늘이가 못마땅하다. 저렇게 만날 고기만 찾으니 살이 찔 수밖에. 난 속으로 구시렁거리며 밥을 먹는다.

"네 건강을 위해서 특별히 만든 나물 무침이잖아. 너, 의사 선생님 말씀 잊었어? 고도 비만이 얼마나 무서운 병인지 경고받았잖아. 식이 요법이 제일 중요하다 했잖아."

아저씨는 엄마 대신 하늘이를 달래느라 진땀을 뺐다.

"채소만 먹으면 힘이 나지 않는다고. 난. 아빠."

"강희처럼 아무거나 잘 먹어야 건강한데…"

여전히 하늘이가 툴툴대자, 아저씨는 나를 가리키며 말했다. 나는 네 사람이 모여 밥 먹는 자리가 어색해 조용했을 뿐인데. 싫다. 어서 이 자리를 피하고 싶다.

"쟨 북한에서 왔으니까…. 뭘 먹어도 맛있겠지. 배고파서 꽃제비 생활도 했다며?"

하늘이의 말에 아저씨의 얼굴이 붉게 변했다. 내 얼굴도 후끈 달아올랐다.

"재라니? 너보다 두 달 먼저 태어났으니…. 누나라 부르라 했지?"

"북한에서 온 애가 어떻게 내 누나가 돼?"

하늘이는 젓가락을 내팽개치며, 방으로 들어갔다. 방 안 분위기가 싸했다. 방금 먹은 음식이 올라오려 했다.

"미안해요. 다음에는 하늘이 입맛에 맞도록 잘 준비해 볼게요."

또 시작이다. 난 엄마가 하늘이나 아저씨 앞에 절절매는 게 못마땅하다.

"당신이 잘못한 거 없어요. 응석 다 받아 주면…. 버릇 나빠져요."

아저씨는 커피잔을 가지러 가며 웅얼거렸다. 엄마는 부지런히 밥상을 치웠다. 토요일이지만 아저씨와 엄마는 일하러 나갔다. 잠시 후, 하늘이도 방에서 나와 후다닥 나가 버렸다. 분명 피시방에 갔을 것이다.

넷이 있으면 좁던 집이 꽤 넓어 보인다. 창문을 열고 하늘을 올려다봤다. 파란 하늘에 흰 구름이 자유롭게 떠다닌다. 나도 구름 타고 고향에 가고 싶다. 불현듯 내가 왜 여기에 있는지, 의문이 생긴다. 여전히 아무도 없는 집은 섬처럼 고요하다. 누룩 고양이만이 조용히 날 바라보고 있다.

"혜산아! 이리 와. 심심하지?"

고양이는 반응이 느리다. 무슨 생각을 하는지 도대체 모를 정도다. 등을 쓰다듬어 주어야만 살짝 기댈 뿐, 냉정하다. 그래도 나는 누룩 고양이가 좋다. 하늘이처럼 까칠하거나 변덕스럽지 않아서 더욱 그렇다. 엄마와 함께 아저씨가 사는 이 집으로 들어온 날, 고양이를 처음 만났다. 실은 난 아저씨와 하늘이랑 사는 게 싫었다. 엄마와 단둘이 살고 싶었는데 마음대로 되는 게 없다. 아저씨 품에 안긴 고양이가 고향에서 키우던 강아지와 닮은 것이 마음에 들었다. 나는 누룩 고양이를 '혜산'이라고 불렀다. 북한에서 내가 살던 마을 이름이다.

"혜산아!"라고 부르면 고향의 모든 것들이 성큼 다가오는 것 같았다. 식구처럼 늘 함께했던 장독대부터 마을 입구에 서 있던 느티나무까지. 무엇보다 뒷산에 묻힌 아빠의 목소리가 들리는 것 같았다. 어쩔 수 없이 고향을 버리고 왔지만 단 한순간도 잊은 적이 없다. 아니 시간이 지날수록 고향 들녘이며 친구들이 보고 싶다.

식탁이 엉망이다. 쉬는 날 설거지는 내 몫인데, 잠시 딴청을 부렸기 때문이다. 먹던 반찬을 넣으려 냉장고 문을 열었다. 터질 듯 가득 찼다. 수박이며 참외는 물론, 가게에서 팔다 남은 아바이순대까지. 나는 아직도 꽉 찬 냉장고가 낯설다. 북한에서 불법으로 남한 드라마를 볼 때처럼.

냉장고 정리를 하는데, 아무렇게나 뒹구는 단무지가 보인다. 나

통일 밥상 쉐프

는 칼로 송송 썰어 들기름과 고춧가루에 식초를 넣어 무친다. 나는 음식 만드는 게 재밌다. 무엇이든 뚝딱 만들 줄도 안다. 단무지 무 침에서 고향 맛이 난다. 할머니가 해 주던 장아찌 무침처럼 짭조름 하면서도 맛있다. 따뜻한 밥을 퍼 얹어 먹으니 꿀맛이다. 남한에 와 가장 놀란 것은, 음식이 넘쳐난다는 것이다. 언제든 밥솥만 열면 따 끈한 밥을 먹을 수 있다. 불현 듯, 배곯으며 일만 하다 돌아가신 아 빠 생각이 들자, 수저를 놓게 된다.

"강희야, 미안하지만…. 가게 나와서 엄마 좀 도와줄래? 토요일이 라 단체 예약 손님이 많네. 엄마가 손이 달려서 그래. 아르바이트비 줄게."

요란하게 울리는 전화를 받지 말았어야 했다. 차라리 엄마가 강 압적으로 말했다면 거절했을 것이다. 엄마는 내게 늘 조심스럽게 말한다. 국경수비대의 눈길을 피해 나를 쌀 포대에 넣어 짊어지고 압록강을 건널 때처럼 말이다.

"알았습니다. 나갈게요."

하늘에게나 내게 미안하다는 말을, 밥 먹듯 하는 엄마가 안쓰럽 다. 먹던 단무지를 챙긴 뒤, 부리나케 집을 나섰다.

〈통일 밥상〉

엄마와 아저씨가 하는 음식점 간판 이름이다. 아저씨는 어려서부터 여기저기 떠돌며 음식 만드는 것을 배웠다고 한다. 엄마는 하나원에서 나와 닥치는 대로 일을 했다. 나는 기숙사에 있는 학교에 다니느라, 엄마가 일하는 식당에서 숙식하는 줄 알았다.

어느 주말이었다. 기숙사도 주말에는 쉬어서 엄마를 만나러 갔다 놀라운 사실을 알았다.

"강희야, 실은 엄마가 같이 사는 아저씨가 있어. 너와 나이가 같은 아들도 있는…."

엄마는 아저씨를 중국집에서 일하다 만났다고 했다. 청천벽력 같은 말이었다. 더군다나 나이가 같은 아들이 있다니.

"하늘이 엄마는 어딨어?"

나도 모르게 퉁명스럽게 물었다. 엄마는 나쁜 짓을 하다 들킨 것처럼, 얼굴이 빨개지면서 자초지종을 설명했다.

"하늘이를 낳자마자 병원에서 도망쳤대. 직업도 변변찮고 다리를 저는 아저씨가 못 미더웠나 봐. 혼자서 하늘이 키우며 일하느라 고생 많이 했대. 아저씨랑 일 마치고 서로 힘들게 살아온 이야기 하다…. 정이 든 거야."

내 손을 잡은 채, 울먹이는 엄마를 미워할 수는 없었다.

"아저씨가 주방 일은 많이 했지만, 정식으로 조리사 자격증이 없어서 어딜 가나 제대로 대접을 못 받았어. 엄마도 음식점 나가 설거지해 봤자 몸만 상하고…. 남는 게 없었지. 그래서 북한 음식을 내기로 한 거지. 고향에서 먹던 음식 생각하며 만들어 파는 중인데.

통일 밥상 쉐프

남의 집 일하는 것보다 훨씬 나…."

　돈 많이 들여 간판도 멋지고, 홀도 넓은 음식점이 아니라, 허름한 건물에 아저씨가 손글씨로 쓴 간판이 나부끼는 음식점이다. 눈여겨 보지 않으면, 보이지도 않을 만큼 작고 초라하지만, 엄마나 아저씨에게는 엄청 중요한 일터다.

　가게 안으로 들어서니 엄마가 박꽃처럼 하얀 이를 드러내고 웃는다. 엄마는 슬퍼도 웃고 기뻐도 웃는다. 요즘은 아저씨도 엄마를 따라 허허 웃는 날이 많아졌다. 하늘이만 늘 까칠한 얼굴로 불만 펑펑 쏟으며 산다. 실은 나도 속은 늘 편치 않다. 엄마 때문에 표현을 안 할 뿐.

　"수저통 한번 확인해 보라우야. 밑바닥까지 자세히 살펴야 함등. 남조선 사람들은 티끌마저도 용납 못 하니끼니. 음식 맛도 중요하지만, 청결을 엄청나게 따져야."

　엄마가 그토록 조심하던 북한말을 쓰는 걸 보니, 내가 가게에 온 것이 좋긴 한가 보다. 하얀 모자를 쓰고 주방에서 일하던 아저씨도 간간이 나를 보며 싱겁게 웃었다. 완전 바보 같은 표정이다. 나는 아저씨의 어벙한 표정이 싫은데, 엄마는 그게 아저씨의 매력이라며 좋아한다. 착한 사람의 증표라며. 그러면서 수줍게 웃는다. 무뚝뚝하고 황소처럼 일만 하던 엄마를 아저씨가 변신시킨 것 같다. 대단하다.

　"강희야, 고마워. 쉬지도 못하고 나오게 해서. 하늘이는 뭐 하니?"

잠시 짬을 내 아저씨가 주방에서 나와 물었다. 아들 걱정이 많이 되는 것 같다. 피시방 갔다고 하면 고자질하는 것 같아 가만히 있었다.

  "또 게임하러 갔겠지. 내가 일하느라 게임기부터 사 준 게 잘못이었어. 엄마라는 말보다 '닌텐도'라는 말부터 한 애니까…. 과자며 떡볶이 등 주전부리 입에 단 채, 게임만 하다 보니 살찌고…. 휴, 모두 내 탓이지."

  아저씨가 한숨을 쉬며 말하자, 엄마가 식탁 정리를 하다 말고 말렸다. 엄마는 정말 아저씨를 많이 생각하는 것 같았다. 돌아가신 아빠에게는 웃는 모습도 보이지 않고, 늘 침묵만 지키던 엄마라 뜻밖이었다.

  "내가 하늘에게 더 많이 신경 쓸게요. 엄마의 정을 듬뿍 받아야 할 나이에 힘들었을 거예요. 지금부터라도 품어 안으면 달라질 거예요."

  엄마가 쓸쓸하게 말하는 모습을 보니 내 마음도 짠했다.

  '하늘이가 살찐 게 다 이유가 있었구나…. 나는 늘 엄마가 곁에 있었는데…. 압록강을 건널 때 정말 무서웠는데…. 엄마가 철저하게 날 보호해 줬고…. 중국 공안 눈 피해 메콩강 건널 때도 엄마랑 함께여서 든든했는데…. 하늘이는 엄마 얼굴도 못 봤으니….'

  처음으로 하늘이가 이해되는 순간이었다. 살찐 것도 그렇고 눈만 뜨면 게임을 하는 것도 말이다. 갑자기 하늘이가 있는 게임방에 달

통일 밥상 쉐프

려가고 싶다는 생각이 들었다.

"얼른 손님 맞을 준비해야겠네…"

이 말을 남긴 뒤, 주방으로 들어가는 아저씨의 등이 왠지 쓸쓸해 보였다. 오늘따라 절룩거리는 모습이 더욱 눈에 띄었다. 아저씨는 다리만 저는 게 아니라 키도 작다. 엄마보다 한 뼘은 작은 키에 얼굴도 불에 그을려 흉터가 남았다. 그런데 늘 예쁘다는 소릴 듣는 엄마가 아저씨를 끔찍이 위하는 걸 보면 놀랍다.

수저통 정리가 끝났는데 등산복 차림의 손님들이 몰려왔다. 좁은 가게가 손님들로 꽉 찼다. 아저씨의 손놀림이 빨라지고, 엄마는 물컵을 손님들 앞으로 가져가는 등 긴장하는 빛이 역력했다.

"어이, 북에서 온 아줌마. 소문대로 완전 미인이구먼. 오늘 서비스 빵빵하게 좀 하슈. 얼굴도 반반하고 몸매도 날렵한 게. 범상치 않은데… 어때? 남한에 오니 천국 같소? 남한의 진짜 천국 맛도 좀 봐야 하는데. 이 동네 산악회에 들어오쇼. 이쁜 탈북 아줌마가 나타나면 오줌 지리는 인간들 많을걸. 하하하."

뱃살이 푸짐한 남자가 엄마에게 농담을 걸었다. 낮술을 했는지 눈이 풀리고 몸도 가누지 못할 만큼 휘청거렸다. 같이 온 남자들도 으하하, 손뼉을 치며 장단을 맞췄다. 엄마는 못 들은 척 음식을 나르기만 했다. 주방에 있는 아저씨가 연신 홀을 흘끔거렸다.

나는 엄마의 방패막이가 되기로 했다. 엄마가 들고 있는 쟁반을 빼앗았다. 그러곤 손님들 식탁 위에 탁, 소리가 나도록 올려놓았다. 북에서는 고위 당원들만 먹는 고급스러운 음식 '어복쟁반'이었다. 비싼 음식 먹으러 와서 헛소리하는 남자 어른들이 한심해 보였다.

배불뚝이 아저씨가 나의 온몸을 훑어보았다. 중국 공안의 눈을 피해 산속을 달릴 때, 숲에서 만난 뱀보다 더 기분이 나빴다. 옷을 입었지만, 마치 벌거숭이가 된 느낌이랄까.

"탈북 아줌마 딸인가 보네! 앙증맞게 생겼구먼. 순진한 눈망울과 탱탱한 엉덩이…. 진짜 탐나네. 북한은 여자들이 예쁘다더니 사실이구먼!"

배불뚝이의 손이 내 엉덩이를 쓰다듬었다. 내 몸에 송충이가 기어가는 것처럼 끔찍했다.

"흐흐…"

배불뚝이의 웃음소리에 나도 모르게 쟁반을 놓아 버리고 말았다. 스멀스멀. 내 기억의 창고 속에 숨어 있던 비밀이 고개를 들었다.

달빛도 없는 칠흑같이 어두운 밤, 혜산을 떠나 압록강을 건널 때만 해도 배불리 먹는 것만이 소망이었다. 무사히 강은 건너 탈출했지만, 여전히 배는 고팠다. 엄마와 나는 국경선 일대를 돌며, 쓰레기통을 뒤졌다. 다행히 농촌 마을에서 장마당에 나온 조선족 할머니를 만났다. 할머니는 정성이 담긴 밥상을 대접해 주었다. 기름기 자르르 흐르는 이밥에 북에서는 생일날도 먹기 힘든 고깃국까지. 엄

통일 밥상 쉐프

마와 내가 밥 먹는 모습을 흐뭇하게 바라보던 할머니의 얼굴을 지금도 잊을 수 없다.

"중국 공안에게 잡혀 북송되면 죽음인 것 알지비? 중국 땅도 안전하지 않슴. 절대로. 조선족 중에도 탈북자 밀고해서 먹고사는 사람도 많으니끼니. 안전을 위해서도 달리 방법을 취해야 하는데…"

밥상을 물린 할머니가 하는 말이 무슨 뜻인지 금방 알았다. 중국 땅도 결코 안전지대가 아니었다. 중국 공안들은 탈북자들을 잡는 데 혈안이 되어 있었다. 엄마와 나는 밤에만 움직이고 낮에는 컴컴한 창고에 숨어 지냈다. 어느 날, 할머니가 우리를 안전한 농촌 마을로 피신을 시킨다고 해서 따라나섰다. 따뜻한 밥상을 내놓은 할머니가 사람 장사꾼인 줄은 미처 몰랐다. 할머니가 데리고 간 농촌은 북한보다 더 촌 동네였다. 할머니는 묘한 웃음을 남긴 채, 총총 길을 떠났다. 잠시 후, 훌러덩 대머리인 남자가 나타났다.

"흐흐…"

대머리는 처음부터 그렇게 웃었다.

"엄마가 기회를 봐서 남조선으로 가는 길을 찾아볼 테니 참고 기다리자."

엄마는 대머리가 잠이 들면 내게 와 속삭였다. 대머리는 엄마를 감시하느라 밖에 나가지도 않았다. 시원한 마룻바닥에 누워 개양귀비 말린 것을 빨아 대면서 말이다. 무엇보다 기분 나쁜 건 대머리의 웃음소리였다. 대머리는 엄마가 뒷산에 일하러 나간 틈을 타 내게 접근했다. 흐흐흐. 슬금슬금 누런 이빨을 드러내면서 내 방문을 열었다. 나는 도망칠 생각으로 문고리를 쳐다봤다. 대머리가 짐승처럼 내게 달려들었다.

"엄마!"

죽을 듯 엄마를 향해 소리쳤다. 다행히 엄마가 내 목소리를 듣고 호미를 든 채, 방으로 들어왔다. 그러곤 호미로 대머리의 등을 내려쳤다. 그 길로 엄마와 나는 도망쳤다. 북송될지언정 대머리와는 살 수 없다는 각오로. 다행히 수호천사를 만나 메콩강까지 무사히 건너게 된 것이다.

대머리나 배불뚝이 모두 게슴츠레한 눈빛이 똑같다. 웃는 모습이 우는 것보다 더 끔찍한 모습도 닮았다.

"강희야, 미안하다. 널 가게로 불러내는 게 아닌데. 흑흑…."

엄마도 나처럼 그때 일을 떠올린 것 같다. 상처는 아문 것 같지만 뿌리까지 뽑히는 것은 아니니까. 등에 식은땀이 흐르고 숨이 차지만, 엄마가 더 힘들 것 같아 참았다.

"아니. 주문한 음식 나오다 말고 뭐 하는 거야. 모처럼 북한 음식 맛 좀 보러 왔더니. 이거 장사를 하는 거야? 뭐야. 글구 이뻐서 쓰다듬어 주는 걸 갖고 뭘 그리 오번가. 오버가!"

배불뚝이가 이죽거리자, 엄마의 얼굴이 노을처럼 빨개지면서 입술이 파르르 떨렸다.

통일 밥상 쉐프

"당신들은 딸자식 안 키웁네까? 내 딸 고작 열두 살입네다. 어디다 대고 희롱임까. 대한민국은 양심도… 법도… 없는 나랍네까. 너무하지 않습네까."

엄마의 목소리는 차분했지만, 칼로 베듯 단호했다. 배불뚝이는 엄마의 돌직구에 놀라는 것 같았다. 그건 착각이었다. 오히려 더 느물거리며 엄마 얼굴을 향해 비아냥거렸다.

"아니, 이쁜 걸 이쁘다고 하는 게 뭐 큰 죄라도 되나. 배배 꼬여서는. 그래서 북한 음식점 해 먹고 살겠어? 이 집 장사는 다 해 먹었군. 홀애비 주방장이 탈북 아줌마랑 붙어먹을 때부터 알아보긴 했지만…"

배불뚝이가 이번에는 주방에 대고 떠들었다.

"지금 뭐 하는 짓입니까? 당. 장. 나. 가. 세. 요."

배불뚝이와 같이 온 손님들은 그런 아저씨를 무시하듯 어복쟁반을 퍼먹었다. 화가 난 아저씨가 매몰차게 음식 그릇을 모두 치웠다. 그럴 때만은 아저씨가 바보 같아 보이지 않았다. 오히려 씩씩한 장군처럼 용기 있어 보였다.

"나. 가. 라. 니. 까!"

"병신이 꼴값 떨고 있네. 증말. 얼굴 반반한 북한 여자한테 홀리더니 눈에 뵈는 게 없나. 드러워서. 퉤. 이 집 장사 못 해 먹게 할 테니 두고 보라고."

배불뚝이가 씩씩거리며 나가자 일행들도 줄줄이 따라 나갔다. 학교에서 나를 괴롭히는 애들보다 더 못나 보였다. 어른이라고 다 어른은 아닌가 보다. 엄마는 어찌할 줄 모르는 표정으로 아저씨를 보았다. 누룩 고양이가 소파에 오줌 싸 놓고 안절부절못하는 모습 같다.

"미안함다. 괜히 저 땜에…"

쩔쩔매는 엄마를 보니 마음이 짠했다.

"내가 더 미안해요. 괜히 북한 음식점 내자고 해서…"

"주방장님이 왜 죄송함까. 제가 참아야 하는데…. 한두 번 당한 것도 아닌데…. 발끈해서 민폐를 끼쳤슴다."

엄마와 아저씨는 서로 미안하다고 했다.

"강희가 더 걱정이에요. 어서 상담이라도 받아야 할 텐데…."

아저씨는 늘 내게 상담을 받아야 한다고 했다.

"강희가 괜찮다고 병원에 안 간다네요. 탈북자들만 전문적으로 상담해 주는 곳도 생겼는데…"

"그만하세요! 날 정신병자 취급하지 말라고요."

나도 모르게 미친 듯 소리를 질렀다. 그러자 엄마가 또 아저씨에게 미안하다고 빌었다.

"내가 미안하죠. 강희와 당신 편하게 해 주지 못해서… 오늘만 해도 강희 여기 나오지 않게 해야 하는 건데…. 내가 못나서 미안해요."

아저씨의 말에 이상하게 화가 났다.

"아저씨가 왜 사과를 해요. 혹, 엄마와 저를 동정하시는 것 아닌가요? 저는 무시당하는 것도 싫지만 무조건 동정받는 것도 싫어요."

통일 밥상 쉐프

솔직한 내 마음을 토하듯 털어냈다. 아저씨는 벼락 맞은 사람처럼 멍한 눈으로 날 바라보았다.

"그럼 못써. 아저씨 마음 정말 몰라? 아저씨는 진심으로 널 걱정하는 거야. 네가 밤마다 식은땀 흘리며 소리 지르는 거 보면서…. 아저씨가 얼마나 걱정하는 줄 알기나 해?"

왠지 엄마마저 비굴한 것 같아 견딜 수가 없었다. 미친 듯 가게를 나와 거리로 나섰다.

내 안에 숨겨 놓은 대머리에 관한 생각이 날 미친 사람으로 만드는 것 같았다. 아무리 잊으려 해도 지워지지 않았다.

밖으로 뛰쳐나오니 좀 나았다. 대머리 생각만 나면, 난 몽롱한 눈빛으로 어딘가를 걷거나 소리를 지른다. 엄마는 그런 나를 병든 병아리처럼 바라보곤 했다. 그래서 아저씨가 상담받아 보라는 것인 줄 알면서도 싫었다. 나 자신이 더럽게 느껴지기 때문이다.

후드득.

무겁게 내려앉은 하늘에서 굵은 빗방울이 떨어진다. 빗물이 대신 내 눈물을 가려 주니 좋다. 비를 맞으며 맘껏 울었다. 그동안 엄마 때문에 속 시원히 울지도 못했는데 잘됐다 싶었다. 처음에는 옷이 젖을까 두려웠지만 일단 다 젖고 나니 마음이 편했다. 고향에서 동무들과 놀던 것처럼 맨발로 빗속을 걸었다. 젖은 운동화는 양손에 든 채.

'배불뚝이… 대머리… 아저씨… 엄마… 하늘이….'

자박자박. 날 아프게 한 단어들을 발밑에 내려놓고 걸었다. 답답하던 가슴이 조금은 후련해지는 듯싶었다. 정신없이 걷다 보니 알 수 없는 동네까지 와 버렸다. 덜컥 겁이 났지만, 전철역을 찾았다. 남한 생활에 대해 가르쳐 주는 하나원에서 한 말이 생각났기에.

"대한민국은 전철만 타면 어디든 갈 수 있습니다. 시간도 정확하고요."

이 말만 믿고 달려왔는데, 이미 전철이 끊겼다. 할 수 없이 전철역 안에 있는 화장실에 숨었다. 다행히 청소하는 아줌마도 보이지 않았다. 핸드폰도 없고 지갑도 가져오지 않아 어쩔 수 없었다. 배에서 꼬르륵 소리가 났다. 불현듯 아저씨 얼굴이 스쳐 갔다. 배불뚝이를 향해 소리쳐 주던 아저씨 모습이 떠올랐다. 처음으로 아저씨가 믿음직스럽다는 생각이 들었다. 엄마가 왜 아저씨를 그토록 챙기고 아끼는지 알 것 같았다.

화장실에 상자를 깔고 누웠다 일어나길 반복했다. 어느새, 새벽이 되었는지 전철 타러 다니는 사람들이 보였다. 갑자기 꽃제비 생활하던 때가 생각났다. 엄마가 기다릴 생각에 온몸이 시려 왔다.

매표소에 사정해서 간신히 집으로 가는 전철표를 구했다. 하루가 일 년처럼 길게 느껴졌다. 처음으로 아저씨와 하늘이가 사는 집이지만 소중하다는 생각이 들었다. 물론 엄마가 그곳에 있기 때문이지만.

통일 밥상 쉐프

두근두근. 떨리는 마음으로 문을 열고 들어섰다. 그토록 내 집 같지 않던 집 안 냄새가 좋았다. 엄마가 내 얼굴을 보자마자 울먹이며 다가왔다.

"몰골이 이게 뭐니. 국경선 넘을 때보다 더하네. 대체 어딜 쏘다닌 거야. 엄마 애간장 녹는 거 몰랐어? 밤새 한숨도 못 잤잖아. 아저씨도 그렇고…. 하늘이도 네 걱정하느라 계속 드나들고…."

엄마의 말이 난로처럼 따뜻하게 들렸다. 누룩 고양이가 젖은 내 옷을 잡아끄는 것도 기분이 좋았다. 더욱 놀라운 것은, 하늘이가 엄마와 함께 식탁에 앉아 있다 나를 보자, 씨익 웃는 것이다. 엄마 말대로 내 걱정을 많이 한 것 같다.

"강희야, 미안해. 이제 상담받으란 말 안 할게."

아저씨가 거의 울 것처럼 말했다. 가슴에 따뜻한 물이 흐르는 것 같았다.

"죄송해요…. 아저씨…. 담에 엄마랑 상담받으러 갈게요."

나의 말에 아저씨는 착한 아이처럼 웃었다. 기분이 좋아 보였다. 아저씨는 괜히 거실을 왔다 갔다 하더니, 뭔가 기발한 생각이 난 듯, 말했다.

"오늘 일요일이니까 도시락 싸서 소풍 가자."

난 지난밤 한숨도 못 자서 피곤했지만, 반대할 수는 없었다. 엄마도 흥분한 얼굴로 양손을 모은 채, 내 얼굴을 바라보았다. 나는 씨익, 웃었다.

"와아! 가족 소풍은 처음이네…. 도시락은 뭐로 쌀 건데요? 아빠."

하늘이는 역시 먹는 것에 관심이 많다.

"음…. 오늘은 남한과 북한 음식을 각각 준비해 볼까. 대표 음식으로…. 강희는 엄마랑 만들고, 하늘이는 아빠랑 만들어서 야외에 나가 먹으면 어떨까?"

"아빠랑 음식을 같이 만들자고요? 난 아빠가 해 주는 음식은 뭐든 맛있는데…."

"어허, 하늘이가 제일 좋아하는 불고기 김밥 쌀까 했는데, 채소만 넣고 김밥 싸야겠는걸…."

아저씨의 말에 하늘이는 안 된다며 주방으로 들어갔다.

엄마는 흐뭇한 얼굴로 하늘이에게 재료를 내준 뒤, 내게 말했다.

"강희야, 우린 두부 고기 만들어 볼까. 너 어릴 때 좋아했잖아."

엄마야말로 세상에서 제일 행복한 얼굴이었다. 나도 덩달아 흥분되었다.

"근데, 재료가 있어야 하잖아. 엄마. 정말 두부 고기 요리 먹고 싶어. 할머니가 맛있게 해 주셨잖아…. 아빠도 좋아하고…."

아차 싶었다. 엄마에게는 돌아가신 할머니나 아빠 이야기는 금물인데 말이다.

"그러게 말이다. 고생만 하고 돌아가신 어머니…. 그리고 네 아빠…. 미안하고 죄송해서…."

엄마의 얼굴에 근심의 그늘이 지는 걸 보자, 괜한 말을 했다 싶

통일 밥상 쉐프

었다.

"오늘, 북한 요리 제대로 만들어 보자. 맛있으면 가게에서 팔 수도 있으니까…. 재료는 엄마가 다 준비해 놓았으니까…. 넌 일단 들어 가서 씻고 나와."

엄마가 냉장고를 뒤지는 동안, 샤워를 마치고 깔끔한 옷으로 갈 아입고 나왔다.

"아빠, 김밥에 이렇게 재료가 많이 들어가는 줄 몰랐어. 내가 좋 아하는 불고기가 들어가서 더 맛있겠어요. 난 솔직히 소풍이 싫었 어요. 애들은 별별 김밥을 다 싸 오는데…. 난 늘 아빠가 사 준 김밥 이었잖아요…. 오늘은 아빠의 특대 김밥을 먹네요."

하늘이가 웃으면서 하는 말인데도 왠지 슬펐다. 하늘이가 까칠했 던 것도 외롭기 때문이라는 걸 알았기 때문일 것이다.

나는 엄마를 도와 도시락 준비를 했다. 두부 고기 요리는 진짜 고기가 아니라, 콩으로 만든 고기다. 육우보다 훨씬 고소하고 맛있 다. 북에서는 명절날이나 먹는 것이라, 귀했던 음식인데, 엄마가 뚝 딱 만들어 내는 걸 보니 신기했다.

"양수리 샛강 두물머리에 가 봅시다. 그곳을 지나치기만 했지. 직 접 가 보지는 못했어… 나도… 사는 게 뭔지…."

아저씨는 돗자리며 도시락 등 잔뜩 짐을 자동차에 실으며 말했 다. 한껏 들뜬 모습이 청년 같았다. 곁에서 아저씨를 지켜보던 엄마는 새 옷을 갈아입느라 분주하다.

"여기 온 지 2년이나 되었는데…. 처음으로 서울 벗어나네요. 두 물머리가 멋진 곳입니까? 애들과 같이 가서 더 좋습니다."

엄마의 설레는 모습은 처음이다. 입가에 미소를 지으며 묻는 모습이 소풍 가는 여학생 같다. 하늘이는 운전하는 아저씨 옆에 앉아, 말없이 창밖을 내다보았다.

'하늘이는 지금 무슨 생각 할까? 혹 자기 엄마 생각하는 것 아닐까? 나도 실은 일만 하다 병으로 돌아가신 아빠 생각했는데…. 가족 소풍 한 번 못 가 본 우리 아빠….'

슬프거나 기쁠 때면 아빠 생각이 났다. 할머니 생각도 간간이 나고. 힘들게 산 가족이라 더욱 그렇다. 차창 밖으로 비친 풍경은 색달랐다. 우선 닭장 같은 아파트가 아니라 정겹다. 푸르른 들판도 보이고, 웅장한 산새도 보인다. 간간이 기차도 지나가고 화물차도 보인다. 북한의 농촌 풍경과 비슷하면서도 달랐다.

차 안에 침묵이 흘렀다. 어색해서 괜히 헛기침을 하는데, 아저씨가 차를 세우며 외쳤다.

"내리자. 여기가 두물머리다. 아직 연꽃이 보이네. 저기 큰 나무도 멋지지?"

엄마는 차에서 내리자마자 풍경에 빠진 듯 넋을 놓고 바라보았다. 하늘이는 사진을 찍느라 바빴다. 아저씨는 흐뭇한 표정으로 엄마와 나, 그리고 하늘이를 살폈다.

통일 밥상 쉐프

잔잔한 강물 위에 은빛 햇살이 너울대는 모습이 환상적이었다. 사방이 연꽃밭이었고, 구름다리로 사람들이 오가며 구경하느라 정신없었다.

돗자리 깔기 좋은 곳에 아저씨가 자리를 잡았다. 다행히 그늘도 지고, 그림 같은 풍경이 다 들어오는 곳이었다. 좁은 돗자리에 넷이 붙어 앉았다. 서로의 숨소리가 들릴 정도지만, 불편하지 않았다. 비로소 진짜 가족이 된 느낌이 들기도 했다.

"두물머리는 상징적인 의미가 있는 곳이란다."

아저씨는 돗자리를 깔고 앉자마자 선생님처럼 말했다. 난 의아한 얼굴로 아저씨 얼굴을 바라보았다.

"남한강과 북한강 물줄기가 흘러흘러 이곳에서 하나로 만나는 곳이지. 너희 엄마와 같이 살면서 꼭 같이 오고 싶은 곳이었어. 근데 강희와 하늘이도 같이 오니 더없이 좋다. 우리도 두물머리 가족 아니겠니?"

"아- 맞네요. 북한강은 우리고…. 남한강은 하늘이와 당신이네요."

엄마가 감상에 젖은 목소리로 말하자, 이번에는 하늘이가 한마디 했다.

"아빠가 이렇게 멋진 말을 할 줄은 정말 몰랐어요. 두물머리 가족…. 진짜 괜찮은데요. 근데 진짜 쟤…. 아니…. 강희가 나보다 두 달 빨리 태어난 거 맞아요?"

하늘이가 엄마의 얼굴을 보며 물었다. 장난기가 철철 넘쳤다. 귀여웠다.

"맞고말고. 이제부터는 꼭 누나라고 불러!"

엄마 대신 아저씨가 말했다. 왠지 아저씨의 말이 싫지 않았다.

"배고픈데…. 그럼 우리 도시락 대결로 들어가 볼까?"

아저씨가 이토록 유머 감각이 있는 줄 몰랐다. 우리를 즐겁게 해주려 애쓰는 모습에 괜히 콧등이 찡했다.

"와아! 내가 좋아하는 고기반찬이다."

하늘이가 엄마가 내놓은 도시락을 보며 소리쳤다.

"이건 돼지고기가 아니고 북한에서 먹던 두부 고기로 만든 음식이야. 남한은 고추장 양념을 많이 하는데, 북한은 소금간에 고춧가루만 넣지. 마늘이나 파도 조금만 넣고…. 여긴 양념 맛이 너무 강해. 그래서 북한식으로 고유의 맛을 살리려 만들어 봤는데 맛있을지 모르겠네…."

엄마가 요리사처럼 음식 설명을 하는 사이에도, 하늘이는 연신 입안 가득 고기를 넣었다. 쩝쩝거리며 먹는 걸 보니 맛있나 보다.

"두부 고긴지 뭔지 정말 맛있어요. 돼지고기보다 더 맛있어요. 고소하고…. 와! 북한 음식이 이렇게 맛있는 줄 몰랐어요."

하늘이의 말에 엄마의 얼굴이 환해졌다. 내 마음도 덩달아 기뻤다.

"다음에는 아빠에게 북한식 피자 만드는 법 가르쳐 줄게. 하늘이

건강에도 좋고… 맛도 좋은 방법을 알고 있거든."

꼬르륵. 꼬륵.

배 속에서 천둥소리가 들렸다. 아저씨가 눈치 채고 '불고기 김밥' 도시락을 펼쳤다. 보기에도 먹음직스러웠다.

"어서 먹어 봐. 엄마가 가르쳐 주는 북한 음식은 다 만들어 봤는데… 두부 고기 요리는 처음이야. 대신 오늘은 남한식으로 싼 김밥 먹어 봐. 요즘은 다양한 재료로 김밥을 싸는 게 대세니까."

나는 아저씨가 싼 김밥을 시식하듯 먹었다. 식감이 좋았다. 고들고들한 밥에 채소와 불고기가 잘 어우러진 맛이었다. 나는 김밥을 입에 넣은 채, 엄마가 음식을 만드는 사이 넣어 둔 단무지 무침을 꺼냈다. 김밥과 먹으니 일품이었다. 아저씨는 내가 먹는 것을 보며 단무지를 한 점 집어 먹었다. 그러곤 깜짝 놀란 눈으로 나를 바라보았다.

"이거 강희 네가 무친 거 맞지? 엄마보다 손맛이 더 좋은데…. 하늘아, 김밥하고 단무지 무친 거 먹어 봐. 기막히다…."

하늘이는 무심한 얼굴로 단무지 무침을 가져갔다. 김밥 위에 척 얹어 먹고는 엄지 척을 해 보였다. 뿌듯했다. 내가 만든 반찬을 먹으며 기뻐하는 모습을 보니, 다음에는 더 많은 음식을 만들고 싶다는 생각이 들었다.

"근데, 북한에서는 두부로 고기를 만들어 먹어요? 맛있어요. 통일 밥상에서 만들어 팔면 대박일 것 같아요."

하늘이가 또 두부 고기 요리를 집으며, 칭찬을 아끼지 않았다. 엄마는 하늘이의 말에 연꽃처럼 은은한 미소를 지었다.

"요즘 남한 사람들은 고기반찬을 기피하잖아. 건강에 신경 쓰는 사람들도 많고…. 다이어트 천국이니까. 북한에서 먹던 두부 고기를 이용하면 잘 팔릴 것 같아서 만들어 본 건데, 하늘이가 인정하니 힘이 나는걸. 당장 내일부터 만들어 팔아야겠다."

"그럼, 이제 우리 부자 되는 거예요? 부자 되면 나 좋은 게임기 사 줄 거죠?"

두부 고기반찬을 실컷 먹은 하늘이가 배를 두드리며 말했다. 까칠하게 굴지 않아 좋긴 했지만, 철이 없다는 생각이 들었다.

"그럼. 돈 많이 벌어서 너랑 누나랑 하고 싶은 거 다 시켜 줘야지. 게임 기술 발명하는 것도 괜찮다던데, 손님한테 들은 말이지만…."

"와아- 아빠, 맞아요. 난 게임 발명가 될 거예요."

아저씨의 말에 하늘이는 세상을 다 얻은 것처럼 좋아했다. 그러곤 다시 두부 고기 요리에 젓가락이 갔다.

"강희는 공부 열심히 해서 조리학과 가면 어때? 단무지 무친 것 보니까 정말 다른데…. 특별한 재료 없이, 맛나게 하는 게 가장 어려운 것이거든. 영양사나 조리사 자격증 따면 할 일도 많고 좋을 것 같은데…. 그래서 통일 밥상 크게 키우면 좋겠다."

아저씨는 내 눈치를 살피며 말했다. 아저씨의 말에 엄마는 맞장구를 치며 나를 다그쳤다.

　　　　　　　　　　　　　　　통일 밥상 쉐프

"조리학과에 대해 알아보고… 준비하며 열심히 공부할게요."

아저씨 말을 듣고 보니, 진로 결정에 도움이 될 것 같았다. 나는 처음으로 아저씨에게 내 마음을 보였다.

"강희가 조리사 자격증 따면 너무 좋겠다. 그때쯤이면 '통일 밥상'이 전국에서 몰려오는 손님들로 북적거릴 만큼 소문날걸. 엄마와 아저씨가 그렇게 되도록 만들게."

엄마가 들뜬 목소리로 말하자, 왠지 힘이 났다.

"그럼 나는 통일 밥상 옆에다 게임 시설 갖추고 애들 봐 주는 사장 할게."

하늘이의 말에 모두 하하 웃었다. 어쩌면 머지않은 미래에 실행될지도 모른다는 생각이 들었다.

'두물머리 가족'에서 '통일 밥상' 키우는 이야기까지 하다 보니, 도시락이 텅텅 비었다. 배불리 먹고 강물 따라 걸었다. 엄마와 아저씨가 사진을 찍는 모습이 영화의 한 장면처럼 근사했다. 아저씨가 절룩거리며 걷는 모습조차도 친근하게 느껴졌다.

"누-나, 저기 연꽃 배경으로 서 봐. 사진 찍어 줄게."

나는 전기에 감전된 듯 우뚝 서고 말았다. 하늘이가 분명 누나라고 불렀기 때문이다.

'미안해. 하늘아. 그동안 친절하게 대하지 못해서…. 앞으로는 정말 좋은 누나가 되어 줄게.'

이 말은 입안에서만 맴돌았다. 도저히 쑥스러워서 고백할 수 없었다.

"얼른 포즈 취하라니까. 새침데기 누나!"

이번엔 농담까지 했다. 내가 어색해서 쭈뼛거리는 순간, 엄마와 아저씨가 달려왔다.

"잠깐, 우리 다 같이 찍자. 두물머리 가족사진!"

아저씨는 지나가는 청년에게 카메라를 주며 부탁했다.

찰칵.

잔잔한 꽃무늬 원피스를 입은 엄마, 착한 소년처럼 땀을 뻘뻘 흘리며 가이드가 되어 준 아저씨, 넉넉한 몸매를 자랑하며 맛있게 먹는 하늘이. 새치름한 표정으로 앉아 있는 나.

사진 속 풍경이 제법 괜찮았다. 진짜 행복한 가족사진을 건진 것 같다.

두물머리에 내려앉은 노을은 더없이 예뻤다. 오래된 나무 할아버지가 하나가 된 우리 가족을 품어 주듯 흐뭇한 미소를 지었다. 나는 멀리서 비추는 조명 아래 반짝이는 강을 오랫동안 바라보았다. 온몸으로 따뜻한 물이 흘렀다. 죽음의 강을 건너오길 잘했다는 생각에 목울대가 울렁거렸다.

통일 밥상 쉐프